たわごとレジデンス

原 宏一
Kouichi Hara

祥伝社

たわごと
レジデンス

たわごとレジデンス　目次

装丁　重原　隆
装画　ヒロミチイト

第一話

ディススポμ《ミュー》

だれかが声高《こわだか》に叱《しか》りつけている。

ストレッチエリアのあたりで当たり散らすように叱責《しっせき》している老婦人の声が、トレーニングジム全体に響き渡っている。只事《ただごと》ではない剣幕に驚いて飛んでいくと、声の主は奥様然とした小柄な体にトレーニングウェアをまとった清宮多江《きよみやたえ》だった。

「どうなさいました？」

千帆《ちほ》がポニーテールを揺らしながら声をかけると、

「ほらあなた、これしきでへばってるからトレーナーさんも呆《あき》れてるでしょう」

多江がまた叱りつけた。相手は夫の清宮幸介《こうすけ》だった。ついさっきストレッチをはじめたばかりなのに、七三分けの白髪《はくはつ》を乱してへたり込み、子どものようにふて腐《くさ》れている。

その大人げない態度に多江は嘆息《たんそく》し、

「怠《なま》けてないでスクワット、あと二十回！」

幸介の腕を摑《つか》んで無理に立たせようとする。

「あの、多江様、幸介様は本日が初めてのトレーニングと伺《うかが》っております。初日は無理せず休み休みやられたほうがよろしいかと」

千帆が微笑《ほほえ》みながら助言したものの、

「甘やかさないでくださる？　この人は根っから運動嫌いなの。このままだと寝たきりになるから、びしびし鍛《きた》えてやってちょうだい」

逆にけしかけてくる。

さっき確認した顧客情報によると、一六〇二号室在住の多江は、このジムに通いはじめて二か月になる。おかげで調子がいい、と気に入って無理やり幸介を連れてきたようだが、ここはプロとして忠告すべきだろう。

「多江様、シニアのトレーニングは、あくまでも基礎代謝を上げることが目的なんですね。あまり無理をすると体を傷《いた》めてしまいます」

やんわり諌《いさ》めると、床に座り込んでいる幸介が勝ち誇ったように顔を上げ、

「ほれみろ、しょせん運動なんてもんは体に悪いんだ。もう二度とジムには来ん」

当てつけるように吐き捨てて帰ろうとする。慌《あわ》てて千帆は補足した。

「いえ、幸介様、運動自体が体に悪いのではなく、個々人の体力に見合った適正な運動を積み重ねることが大切なんですね。その意味で、モチベーションを上げるためにも、ご夫婦で無理なく競い合われてはいかがでしょう」

当『悠々《ゆうゆう》ジム』独自のメニューがありますので、と言い添えると、

「無理なく競い合うだと？　競い合いなんてもんは無理し合うから競い合いになるんだ」

幸介に睨《にら》みつけられた。

「申し訳ございません、言葉足らずでした。具体的にご説明しますと、ご夫妻で達成率を競い合われてはどうかと思いまして」

たとえば、初心者の夫はスクワット十回×一セット、二か月目の妻はスクワット二十回×三セット、とそれぞれに目標を定める。そして夫が八回できたら達成率八十％、妻が一セット平均十

五回できたら達成率七十五％で、夫の勝ちとなる。

「こうして無理なく競い合っていけば、お体に負担なく基礎代謝を高め合えますので」

いかがですか？　とまた微笑みかけると、多江が我が意を得たとばかりに、

「あらそれ、いいじゃない。あなた、さっそく達成率を競い合いましょ」

再び煽《あお》り立てる。途端に幸介が怒りだした。

「馬鹿も休み休み言え！　そんな詭弁《きべん》に乗せられて恥ずかしくないのか！　どう繕《つくろ》おうと競い合いなんてもんは無理し合うから競い合いになるわけで、それこそが真理だ！」

妙なことになってきた。千帆が困惑《こんわく》していると、負けずに多江が言い返す。

「馬鹿はどっちよ、そんなくだらない理屈に意地になって、皆さんに迷惑だわよ！」

「くだらないとは何だ！　いいか多江、我々人類は一万年もの昔から無理に無理を重ねる競い合いにうつつを抜かしてきたせいで、いまや絶滅危惧種《きぐしゅ》にまで追い詰められとるんだぞ！　人類滅亡の危機にありながら、老いも若きもいまだ不埒《ふらち》な競い合いに浮かれておるという異常事態に、まだ気づかんのか！」

「んもう、訳のわからない屁理屈《へりくつ》はやめて」

「どこが屁理屈だ！　こんな理路整然とした理屈もわからん女は恥を知れ！」

「恥を知れとは何よ！　恥を知れとは！」

気がつけば醜《みにく》い罵《のの》り合いになってしまい、千帆はなすすべもなく立ちすくんだ。

ため息をつきながら帰宅準備をしていると、悠々ジムの支配人、角田《かくた》に声をかけられた。

「おう千帆ちゃん、少しは慣れたかい？」

かつては空手でオリンピックを目指していたという熱血漢の笑顔にほっとしたものの、

「まあ徐々に慣れていければと思うんですが」

千帆は言葉尻を濁《にご》した。その物言いが引っかかったのだろう、

「そういえば、今日は清宮夫妻に手を焼いてたんだって？　うちのジムはふつうと違うから慣れるのが大変だと思うが、どんな状況だったのかな？」

いたわるように問われた。

実際、悠々ジムはふつうのジムとは違い、介護付きの高級分譲マンション『レジデンス悠々』の共有施設として運営されている。高級と称されるだけに、自立生活ができる六十歳以上向けの全二百六十戸、二十四階建ての居住棟には、元大企業管理職、元中小企業経営者、元医者、元教育者といった、俗にセレブと呼ばれる住民たちが暮らしている。

東京郊外の一等地に立地するゆったりした敷地内には、悠々ジムのほかレストラン、健康相談室、集会室、図書室、趣味工房、大浴場、多目的ルームなどが入った共有施設棟もあり、なかでもジムは意識が高いシニアたちに人気がある。それだけに、千帆が清宮夫妻に提案した〝達成率の競い合い〟も含めて無理のないトレーニングメニューが、いろいろと用意されている。今春、体育大学の福祉学部を卒業し、試用期間二か月目になる千帆もマニュアルと首っ引きでそのメニューを覚えてきた。

ほかにトレーナーはバイトとパートも合わせて九人いるが、千帆は正社員として雇われた。三か月の試用期間を乗り切ればワンランク上のパーソナルトレーナーを目指せる、と角田支配人から期待されているだけに、正直、今日の一件はショックだった。

あれから清宮夫妻は、ひとしきり罵り合い、最後は多江が仏頂面《ぶっちょうづら》でジムを飛びだしていった。一人残された幸介も、ふて腐れたまま床から立ち上がり、のそのそとジムを後にした。その間、千帆は動揺のあまり声ひとつかけられなかったことから、どんな状況だったのかな？　と角田支配人に問われて初めて、きちんと報告して助言をもらうべきだと気づいて、清宮夫妻とのやりとりを詳細に話した。

「なるほど、それは大変だったねえ」

支配人が微笑んでいる。叱られるかも、と心配していただけに千帆は安堵《あんど》して、

「ひょっとして幸介様は、認知症の初期症状なんでしょうか？」

と尋《たず》ねた。認知症の初期症状には、怒りっぽくなる、頑固《がんこ》になる、といった性格の変化があると大学で習った。さっきの幸介にはそれが当てはまるし、仮にそうだとしたら、今後、どう対応したらいいか教わりたかった。

「うーん、認知症かどうかは、ぼくもわからないし、もしわかっていたとしても介護トレーナーには守秘義務がある。ただ、認知症でない場合も、高齢男性ほど怒りっぽく頑固になる傾向があるのは確かだから、多少のことには目を瞑《つぶ》って見守ってあげることだね」

ガンバガンバ！　と励まされたが、千帆はたたみかけた。

「ちなみに、今日みたいな場合、どう対応するのが正解なんでしょうか」

「まあ正解なんてものはないが、レジデンス悠々の居住者は、そこそこ成功してきた人たちだから、一度拗《す》ねると厄介《やっかい》なことになる。機嫌《きげん》が悪くなったら触らぬ神に祟《たた》りなし。さらりといなす方法を身につけたほうがいいね」

「さらりといなす、ですか」

「そう、理不尽《りふじん》な怒りが渦巻《うずま》いてる高齢者に反論したり、問い返したり、なだめたり、あるいは怒りに同調したりするのはご法度《はっと》だ。理不尽なことを言われても、そうなんですか、勉強になります、と否定も肯定もしない。相槌《あいづち》を打ちながら頃合いを見て、では、そろそろつぎのトレーニングに、とさりげなく場面転換する。シニアの健康のために健気《けなげ》に業務に打ち込む若者を演じて、いなすわけだ」

「演じるんですか？」

「うん、介護の仕事には演技力も必要だ。とりわけ高齢男性は若さ弾《はじ》ける潑剌《はつらつ》女子に弱いから、怒りそうだと思ったら機先を制して潑剌女子を演じてみるといい」

「やってみます」

「あと高齢者にはそれぞれNGワードがあって、それが引き金になって怒りだすことも多い。この人のNGワードは何か、と探りながら接していれば不用意に怒らせなくてすむ」

「それはちょっと難しそうですね」

「大丈夫、きみならできる。ここはスパッと気持ちを切り替えて、気力で乗り切れ！」

最後にまた励まされた。

入社以来、ランチは共有施設のレストランでとっている。和洋中エスニックまで取り揃えた接客つきのレストランで、居住者と一緒であれば地域住民も食べられる。共有施設のスタッフも居住者とコミュニケーションを図《はか》れるように割引価格で利用できる。

千帆はいつも食後の仕事に備えて雑炊《ぞうすい》や野菜サンドなど高齢者向けの軽いメニューを選んでいるが、今日に限ってはちょっと奮発して特撰《とくせん》ロースカツ御膳にした。待ちに待った二度目の給料日だからだ。

心弾《はず》ませながらテーブル席に着いて注文しているそのとき、白髪を七三分けにした高齢男性が店内に入ってきた。

幸介だ。あの日以来の遭遇《そうぐう》に焦《あせ》って反射的に身をすくめていると、幸介は千帆に気づかないまま隣のテーブル席に座った。その瞬間、角田支配人の助言を思い出した千帆は、ここは機先を制すべきだろうと、

「幸介様！　奇遇ですね！　先日はジムにお越しいただき、ありがとうございました！」

溌溂女子を意識して満面笑顔で挨拶《あいさつ》し、トレーナーの千帆です、と名乗った。

「おお、きみかね。先日は失礼したね、うちのやつがガタガタ騒いどって」

妻のせいにして幸介が謝ってきた。

「とんでもありません。まだ新卒の初心者マークですので、勉強させていただきました！」

深々と頭を下げながら、先日の一件からして、この人のNGワードは〝競い合い〟だろうか、と考えていると、

「ほう、新卒ほやほやなのかね、それは今後が楽しみだねえ。ちなみに学生時代は何に打ち込んどったんだね？」

興味深げに問われた。ヤバい。NGワードの話に移行しかねない質問だが、答えないわけにもいかない。

「えっと、その、ハンドボールです。チームスポーツを通じて仲間たちと友情を深めた経験を生かして、今後とも頑張《がんば》りますので、どうかよろしくお願いいたします！」

NGワードに触れないよう、チーム内のポジション争いが熾烈《しれつ》だったことは伏せて、朗《ほが》らかに会話を切り上げたつもりだったが、

「なるほど、やはり元凶はスポーツだったか」

幸介が口元を歪《ゆが》めた。

「は？」

思わず千帆が問い返すと、

「いやなに、朗らかで明るいきみが、なぜ不条理な競い合いなんぞに侵《おか》されとるのか不思議に思っとったんだが、やはりスポーツが元凶だったか、と言っておる」

と目を覗《のぞ》き込んでくる。あっさりNGワードに繋《つな》がってしまった。また先日の繰り返しか、とうんざりしていると、タイミングよく特撰ロースカツ御膳が運ばれてきた。

「すみません、お先に」

ぺこりと会釈《えしゃく》してカツにソースをかけ、どういなしたものか考えながら食べはじめた。それでも幸介は声高に続ける。

「まあちょっと聞きなさい。若いきみにはまだ理解できんことかもしれんが、人類はスポーツという名の悪辣《あくらつ》な概念に取り憑《つ》かれたときから、競い合いという愚《おろ》かな行為にうつつを抜かしはじめたんだな。やたら競い合い、潰《つぶ》し合い、あげくは殺し合う。果てしない泥沼の一万年を歩み続けてきた結果、いまや人類は滅亡の危機という哀《かな》しい末路に直面しているわけで、これこそが全人類が覚醒《かくせい》すべき核心なのだ!」

自分こそ何かに取り憑かれたような異様なテンションで力説する。

周囲で食事をしている居住者たちが怪訝《けげん》そうに見ている。奥の長テーブルで会食している老婦人グループは露骨に眉《まゆ》を顰《ひそ》め、ひそひそ話をしている。さすがに黙っていられなくなって千帆は慎重に口を開いた。

「あの、お言葉ですが、正々堂々と競い合いながら心身の健康を維持促進していく。それがスポーツの素晴らしさなんですね。あまり深刻にお考えにならず、また楽しくトレーニングをご一緒させてください」

微笑みを浮かべてなだめたつもりだったが、

「きみは、はぐらかす気かね?」

幸介が気色《けしき》ばんだ。

「いいえ、そういうわけでは」

「いいか、まだわかっとらんようだから、あえて言う。きみは生後二十数年かけて悪辣な概念を刷り込まれてきたんだ。そこを勘違いしないようにせんと、ろくな人生を送れんぞ！」

不意に叱りつけられた。周囲の目が厳しくなっている。せっかくのランチどきに何事だ、とばかりに幸介を睨みつけている老紳士もいる。

千帆は慌てて付け加えた。

「幸介様、我が国のスポーツ基本法にも〝スポーツは、世界共通の人類の文化である〟と定義されているんですね。さらに〝スポーツは、心身の健全な発達、健康及び体力の保持増進、精神的な充足感の獲得、自律心その他の精神の涵養《かんよう》等のために個人又は集団で行われる運動競技その他の身体活動であり、今日、国民が生涯にわたり心身ともに健康で文化的な生活を営む上で不可欠のものとなっている〟と記されています。したがって私どもトレーナーは、あくまでも法に則《のっと》って皆様の健康維持のお手伝いをさせていただいているわけで、どうかその点は、ご理解いただければと存じます」

ここはきちんと説明したほうがいいと思い、大学時代に頑張って暗記した法律の前文を諳《そら》んじてみせたのだが、逆効果だった。この反論が火に油を注いでしまったらしく、突如《とつじょ》、幸介が椅子《いす》から立ち上がり、

「だからいまも言ったろうが！　きみは無意識のうちに悪辣な概念を刷り込まれておるんだ！　無知ゆえのこととはいえ、破滅へ突き進むイデオロギーの片棒を担《かつ》いでどうする！」

青筋を立てて怒鳴りつけてきた。

そこに幸介が注文した特撰刺身御膳が運ばれてきた。不穏《ふおん》な空気の中、給仕の女性が恐る恐るテーブルに置こうとした瞬間、

「もういらん！」

幸介は憤然と特撰刺身御膳を撥《は》ね退《の》けた。


その日の晩、ジム勤務四年になる同じ正社員トレーナーの大樹《だいき》先輩から飲み会に誘われた。給料日には共有施設棟内の別施設で働いている気心の合う仲間と飲むのが恒例だそうで、もうじき千帆は入社三か月目に入るし、一緒にどう？　と仲間に加えてくれたのだった。

喜んで参加した。今日の午後はジムに戻ってからも、何で反論しちゃったんだろう、と自己嫌《けん》悪《お》に陥《おちい》っていただけに、ジム以外のスタッフとも話してみたかった。

待ち合わせた最寄駅の裏手にある居酒屋に入ると、細マッチョ姿が爽《さわ》やかな大樹先輩と一緒に、もう一人女性がいた。美玖《みく》という健康相談室の受付スタッフで、千帆と同年代だという。ほかにも大浴場の管理スタッフや趣味工房の指導スタッフなど、いつもは五、六人ほど集まるそうだが、今日はシフトが合わず三人での飲み会になった。

まずはレモンサワーと焼き鳥で乾杯してから千帆が自己紹介すると、シックなボブヘアで決めた美玖から、

「どう？　うちの仕事は」

二か月働いた感想を聞かれた。

「楽しく頑張ってます。住民の皆さんも素敵なシニアばっかりですし」

とりあえず無難に答えると、

「そんなに無理しなくていいのよ、今日はゆるーい飲み会なんだから」

美玖が笑った。隣にいる大樹先輩も、うんうんとうなずき、

「わざわざ駅の裏手で飲むのも、うちの居住者が来ない場所だからでさ」

本音でいこうぜ、と笑いかけられた。これで千帆もちょっと気が楽になって、

「やっぱ難しいですね、セレブな高齢者って」

頭抱えちゃってます、と苦笑いしてみせた。

「ああそれ、清宮幸介のことだろ？」

大樹先輩がもろに名前を口にした。ストレッチエリアでの騒ぎはもちろん、レストランでの一件も共有施設のスタッフたちの間で話題になっているという。

すかさず美玖も言った。

「清宮幸介だったら健康相談室に来たことあるわよ。あの爺《じい》さん、元高校教師なんでしょ？　高校教師なんて大して財力ないのに、よくうちのレジデンスに入れたわよね」

おしゃれな見た目にしては辛辣《しんらつ》な美玖に反応して、大樹先輩が声をひそめた。

「実は彼、一人息子が起業したＩＴだかの会社が成功して、その財力で入居させてもらったらしいんだ。なのに、自分がセレブになった気分で舞い上がってんだろうな」

苦笑いしながらレモンサワーを口に運び、

「それにしても、あの怒り方は尋常《じんじょう》じゃないよな。健康相談室にも出入りしてんなら、認知症の初期症状が疑われるんじゃないの？」

上目遣《うわめづか》いに美玖に聞く。

「確かに認知症の人も出入りしてるけど、詳しいことはわかんない。うちの嘱託医《しょくたくい》の君嶋《きみしま》先生は、さばけた女医さんで好きなんだけど、守秘義務はしっかり守る人だし」

「まあ守秘義務なら仕方ないけど」

肩をすくめた大樹先輩に千帆は言った。

「そういえば角田支配人は、高齢男性ほど怒りっぽくなる傾向があるって言ってました」

「いや、角田が言うことは当てにならないな」

大樹先輩が断じた。

「え、そうなんですか？」

「ああ見えて根性論ばっか振り回す昭和の体育会系だからさ。うっかり信じてると、いまに牙剝《きばむ》いてくるから気をつけたほうがいい」

忌々《いまいま》しげに忠告された。意外に嫌われているらしい、と思いながら千帆はたたみかけた。

「じゃあこういうとき、大樹さんだったらどう対応するんですか？　角田さんは、機先を制して演技力で機嫌をとれとか、ＮＧワードを避けろとか言ってましたけど」

大樹先輩が嫌々をするように首を振った。

「それって要は、忖度《そんたく》まみれの下僕《げぼく》になれってことだからさ。あいつは下僕体質の部下同士を競い合わせて権力を握《にぎ》るタイプだから、鵜呑《うの》みにしないほうがいい」

再び忠告してくれると、レモンサワーのおかわりを注文して言葉を繋ぐ。

「ちなみにおれは、まずは冷静に相手の心理状態を把握《はあく》するようにしてるんだ。幸介の場合は、極度の運動嫌いを腐《くさ》されて、苦《くる》し紛《まぎ》れの屁理屈をぶち上げたはいいが引っ込みがつかなくなった。なのに頭が固くなってるもんだから、意地になって屁理屈を押し通そうと若い千帆を論破しにかかってる。大方、そんなとこだろうから、ここぞってときに、こっちが論破してやればいい」

「逆にやり込めちゃうんですか？」

大丈夫でしょうか、と千帆が不安を口にすると、美玖が焼き鳥を頬張《ほおば》りながら、

「あたしはやっぱ、認知症の初期症状を疑ったほうがいいと思うな。今度、君嶋先生のカルテ、こっそり覗き見してこよっか」

にやりと笑う。

「それはヤバいって。幸介なんかのためにクビになったら元も子もないじゃん」

大樹先輩がたしなめた。

「だったら千帆ちゃんは、どう対処すればいいの？」

「アホな屁理屈には、真っ当な理屈で対抗する。それっきゃないよ」

相変わらず大樹先輩は強気だが、レストランで反論したばかりに失敗した千帆としては、

「ただ角田さんからも、怒りが渦巻いてる高齢者には反論するなって言われたし」

まだ心配していると、

「だからそれは昭和の下僕がやることで、千帆は千帆流にやればいいんだよ」

おれたちは千帆の味方だからさ、と力強く言ってくれた。


二日後の午後四時過ぎ。早番勤務を終えてジムを後にした直後に、

「ちょっといいかね」

声をかけられた。え、と足を止めると幸介がいた。

「いや先日は失礼した。お詫《わ》びかたがた、またきみと話したいと思ったものでね」

口角を上げげながら千帆の前に立ち塞《ふさ》がる。どうやら待ち伏せしていたらしい。思った以上の執《しゅう》念深《ねんぶか》さに身を強張《こわば》らせていると、

「おや幸介様、どうされました？」

角田支配人だった。外出先から帰ってきたところらしく、幸介に駆け寄るなり、お世話になっております、と頭を下げる。

「おお支配人さんかね。実は千帆さんにお詫びかたがた、お話しさせてもらおうと思ってね」

その言葉に千帆は慌てて、困っちゃってます、とばかりに角田に目配せしたが、

「それはそれは幸介様、わざわざありがとうございます。まだ新人ゆえ至らない点があれば、何なりとご指導ご鞭撻《べんたつ》のほどお願いいたします。千帆くん、せっかくの機会だ、勉強させていただ

きなさい」

と命じてくる。それはないよ、と焦ったものの、こうなると逃げようがない。

「では、そこの中庭でどうかね」

さっさと歩きはじめた幸介の背中をしぶしぶ追いかけた。

レジデンス悠々には居住棟と共有施設棟の間に日本庭園が設《しつら》えてある。松やツツジが植えられた築山《つきやま》に面した池には鯉《こい》が放たれ、池を望める東屋《あずまや》も立っている。

幸介は敷石を踏んで東屋へ入り、休憩用の縁台によいしょと腰を下ろした。仕方なく千帆も隣に座り、黙って池の鯉を眺《なが》めていると、幸介がおもむろに切りだした。

「あれからわしも反省してね。あのときは感情的になって捲《まく》し立ててしまったが、若いきみには説明が足らなかったと気づいたものだから、今日は冷静に話そうと思ってね」

言葉を切ってひとつ咳払《せきばら》いすると、

「わしがなぜ競い合いを嫌悪し、スポーツなるものを忌《い》み嫌っておるのか。まずはそこから解き明かそうと思うのだが、その前に、これから話すことは極秘事項だ。うかつに他言しないと約束してほしい」

千帆に向き直って目を見据《みす》える。ここで抗《あらが》うとまた厄介なことになる。とりあえずうなずいてみせると、幸介はほっとしたようにしわがれ声で続ける。

「さて、レストランでも話したように、きみは生後二十数年かけて悪辣な概念を刷り込まれてきた。いかなる概念かといえば、〝スポーツをやれば健康でいられて寿命が延びる〟というものだが、それは大きな勘違いでね。なにしろ東大出身のある教育学博士が調べたところでは、スポーツ選手は一般人に比べて五歳から十歳は確実に早死にしているというんだな」

とりわけ短命なのは相撲《すもう》力士で、つぎが自転車選手、ボクシング選手の順だそうで、この上位三種目の平均寿命は一般人より二十歳ほども短いのだという。

「これだけでも驚愕《きょうがく》の事実だが、かように危険極まりないスポーツなるものが、なぜこんなにも世界中の人々に持《も》て囃《はや》されておるのか。奇妙なことだと思わんかね？」

千帆はまた黙ってうなずいた。とにかく最後まで話を聞くしかない、と覚悟を決めたからだが、幸介はよしよしとばかりに言葉を重ねる。

「その謎《なぞ》を解き明かすべく、まずはスポーツなるものが生まれた経緯を振り返ってみよう。そもそも人類は、狩猟と採集の時代においては家族や親族など少人数の集団で協力し合いながら日々の糧《かて》を得ていた。家族や親族の長《おさ》が、子や孫たちが生き長らえられるよう献身的に統率《とうそつ》しておったわけだな」

ところが、時代を経《へ》るごとに狩猟にしても採集にしても血縁で繋がる五人十人の小集団で頑張るより、目的を同じくする百人千人の大集団でやったほうが獲物や作物の獲得数を飛躍的に増やせるとわかってきた。

ただ、そこで問題になったのが、大集団になるほど統率が難しいことだった。家族親族単位であれば長の一言で動いたものが、不特定多数の人間が集《つど》うと簡単には動かない。つまり、長の統率力の優劣によって大集団の生活に大きな格差が生じるようになった。

「そんな流れに伴《ともな》って、大集団の長たちの心にあることが芽生えてきた。何だかわかるかな?」

いかにも元高校教師らしい口調でまた問われたが、千帆は首をかしげた。すかさず幸介が答えを明かす。

「支配欲が芽生えたのだ。大集団の統率をとるためには、出自も能力も異なる多くの民《たみ》をいかに支配し、いかに従わせるかが鍵になる。その力量次第で己の生活レベルが格段に上がるわけだから、そうと気づいた長、すなわち権力者たちは、支配せねば、という欲を肥大化させはじめた」

その結果、権力者たちがはたと思いついた人心掌握術《しょうあくじゅつ》が〝競い合い〟と〝階層化〟だった。現代の会社組織に置き換えれば、売上一位になったら課長に取り立てる、ライバル会社に勝ったら部長に抜擢《ばってき》する、と競い合いによる階層アップを餌《えさ》に求心力を高めていくあざとい手法だ。その効果に気づいた権力者たちはこぞって〝褒美をやろう〟〝領地を授けよう〟と大集団の構成員たちを煽り立てた。

「この人心掌握術が、古代、中世、近代と時代を経るうちに、さらなる邪悪な手法に変化していった。下々の人間をわざわざ煽り立てなくとも自発的に階層アップを目指して競い合ってくれる習性を植えつけてしまえば、権力者は何もしなくていい。そんな都合のいい新システムが考案されて、悪性の感染症のごとく世界中の権力者たちに拡散されていったのだが、何だかわかるか?」

またまた千帆に問う。幸介としてはレストランのとき以上に理論武装してきたつもりらしいが、正直、話の落ちが透けて見えた。それでも再び首をかしげてみせると、

「その新システムこそが〝スポーツ〟なのだ」

案の定の答えを幸介は得意げに言い放ち、

「早い話が、権力者どもは己の支配欲を満たすために、〝スポーツをやれば健康でいられて寿命が延びる〟といった甘言《かんげん》を弄《ろう》し、下々の人間を搦《から》め手《て》から操り人形化しようと企《たくら》んだ。そんな巧妙なる陰謀こそがスポーツというものの正体なのだ！」

予想通りの落ちを声高に告げられて、千帆は鼻白《はなじろ》んだ。思わせぶりな解説のあげくに、この着地はあんまりだ。それでも幸介は勇んで言葉を繋ぐ。

「ここまで看破《かんぱ》したからには、わしとしても黙っておられん。権力者どもに根深く巣喰っておる陰謀を、いまこそ白日《はくじつ》の下《もと》に暴きだし、スポーツという名の悪辣な概念に侵されたきみのような幼気《いたいけ》な世界の民を、一刻も早く救済せねばならんと決意したのだ。そこで」

言葉を止めて縁台からひょいと起立し、皺《しわ》に埋もれた目をカッと見開いて宣言した。

「不肖《ふしょう》清宮幸介は本日この日より、志《こころざし》を同じゅうする数多《あまた》の世界の民に呼びかけ、世直し革命たる叛《はん》スポーツ講《こう》を立ち上げる！　その名も〝ディススポμ《ミュー》〟である！」

三杯目のレモンサワーを濃いめで注文した直後に、ようやく大樹先輩が姿を見せた。

今日はあれから幸介を刺激しないよう、予約客がいる、と嘘《うそ》をついてジムに逃げ帰ったのだが、そのとき大樹から耳打ちされた。

「今夜、一杯やろう」

先日の飲み会では美玖が、夫が待ってるから、と一軒目で帰ったあと、大樹先輩に誘われてバーでサシ飲みしたこともあって、千帆の異変に目敏《めざと》く気づいてくれたようだ。

その気遣いが嬉《うれ》しくて再び駅裏の居酒屋で落ち合ったのだが、大樹先輩はテーブルの向かいに座って生ビールを注文するなり、

「何があったんだ？」

いきなり聞いてきた。千帆はレモンサワーを口にしてから、

「あたし、とんでもない人に目をつけられちゃったみたいで」

神妙に切りだした。運動嫌いの幸介のために助言しただけなのに、ストーカーのごとくねちっこくつきまとわれ、屁理屈の延長のような妄想《もうそう》を捲し立てられている。

「あたし、マジで怖くなっちゃって」

すがるように訴えかけると、

「ちなみに、どんな妄想を捲し立てるわけ？」

大樹先輩が身を乗りだした。

千帆は幸介が主張するスポーツの負の歴史について説明した上で、

「そんな痛ましい世界の民を救済するために、叛スポーツ講〝ディススポμ〟を立ち上げる！って宣言されたんです」

もううんざりですよ、とため息をついた。

「ディススポμかあ、どういう意味だろう」

大樹先輩が生ビールを飲みながら考えている。

「ディスポーツμの略称みたい。ディスは、ディスる、の語源になった相手を否定する意味の英語。μは摩擦《まさつ》係数を表すギリシャ文字だから〝強い摩擦を引き起こして悪辣なスポーツを叩き潰す〟って意味らしいです。幸介に言わせると、日本も含めた世界の国々には〝ディープステート〟って呼ばれる〝闇の政府〟が存在するそうなんですね。それと同列の〝ディープスポーツ〟っていう闇組織が世界中の政府に巣喰っていて、スポーツという悪辣な概念を全人類に刷り込み続けている。そんな非道な悪行に、いまこそ立ち向かう秘密結社がディスポーツμだそうです」

「だけど、何で幸介はそこまでスポーツを忌み嫌ってるんだろう」

「スポーツとは権力者たちが編みだした悪意のシステムだから、だそうです。下々の人たちは自発的に階層アップを目指して競い合う習性を植えつけられた結果、世界の民は権力者たちの思うがままに操られてきた。なおかつ世界の民は、スポーツに取り憑かれたばかりに早死にしたり、根性が悪くなったり、ろくなことがないと」

「まあスポーツに怪我《けが》とかはつきものだけど、何で根性が悪くなるわけ？」

「彼の論理によると、スポーツほど卑怯《ひきよう》で狡賢《ずるがしこ》い精神を育てるものはないそうなんですね」

たとえばサッカーや野球、ラグビー、バレーボールといった団体競技では、敵の弱点を突く技を身につけてこそ優秀とされ、弱点の見極め方からフェイントのかけ方まで、敵を欺《あざむ》く狡賢さを〝戦術〟と言い換えて徹底的に叩き込んでいる。そればかりか、団体内においても選手同士を日々競い合わせ、無理するなと言いつつ無理をさせ、チームの和のためだからと個々人に無用な圧力をかけている。

それはボクシング、空手、柔道、フェンシングといった個人競技も同様だという。敵の弱点を突いて殴打《おうだ》したり、投げ飛ばしたり、剣で突いたり、組み伏せたりと、卑劣《ひれつ》な暴力を助長する訓練を積んでいるのだから、真っ当な人間が育つわけがない。いまだに地球上から戦争がなくならないのも、世界中の学校でいじめがなくならないのも、当然の帰結である。それが幸介の言い分で、

「結局、卑怯なことばかりしてたやつが権力を握っちゃうんだから、まともに生きてる民は抗いようがない、って幸介は言いたいわけ」

千帆は呆れてみせた。ところが大樹先輩は、

「なるほどなあ。ただおれ、幸介の言い分もわからなくはないな」

思わぬことを言いだした。

「だけど大樹さん、スポーツって健全な肉体と精神を鍛えるものでしょ？　なのに、こんな滅茶苦茶な貶《けな》され方をされるなんて、あたしもう悔しいっていうか情けないっていうか」

「でもおれは」

大樹先輩が言いかけてふと口をつぐみ、何か考えている。

千帆はまたレモンサワーをおかわりした。これで四杯目になるのだが、なぜか今夜はあまり酔わない。ほどなくして運ばれてきたおかわりをすぐ口にしていると、大樹先輩に目を見据えられた。

「なあ千帆、こうなったらおれ、清宮幸介に会って話してみるよ。そうやってカリカリしてる千帆は見たくないし、彼の言い分を直接聞いたほうがいい気がしてきた」

「でもあたしは」

「とにかく彼の話を聞いてからまた会おう。その間に、もしまた幸介が何か言ってきたときは連絡してくれるかな。千帆はおれが守るから」

とメッセージアプリのＩＤを教えてくれた。

そう言われてようやく大樹先輩の考えがわかった気がした。幸介とじかに話した上で判断したい、ということだろう。

大樹先輩が大人の男に見えた。前回飲んだときは、いい人だな、と思っただけだったが、いま初めて男として意識した。


翌朝、ジムのオープン前にトレーニング機器をチェックしていると、角田支配人が現れた。いつも午前中はスタッフルームで事務仕事をこなしているのに、わざわざストレッチエリアまでやってきて、

「千帆、昨日は大丈夫だったか？」

と声をかけてきた。幸介と話してこい、と命じたのは自分のくせして、千帆を気遣う素振《そぶ》りでいる。かちんときたものの、

「まあなんとか、いなしはしましたけど、いろいろ言われて困りました」

皮肉を込めてそう答えると、ちょっと来てくれ、とスタッフルームに連れていかれ、デスクで向かい合うなり改めて問われた。

「いろいろって何を言われたんだ？」

「それは、その、スポーツをやると早死にするとか、根性が悪くなるとか」

とりあえずディススポμのことは伏せて、スポーツの悪口を言われたと伝えると、

「ったく、どっちが根性悪いんだか」

眉根を寄せて舌打ちしている。その苛《いら》ついた顔を見て千帆は思いきって告げた。

「あたし、もうあの方には、どう接していいかわからなくなっちゃいました。清宮幸介の担当を外していただけないでしょうか」

途端に角田支配人がいきり立った。

「なに弱気なこと言ってんだ、ここは千帆のポテンシャルの見せどころだろうが。若い女相手だからって大ボケかましてる偏屈《へんくつ》老人に舐《な》められてどうする。千帆の気合いと根性でスポーツの醍《だい》醐味《ごみ》を叩き込んでやれ」

「ですけど、彼の場合は偏屈の度を越えているわけで」

「馬鹿野郎！　トレーナーの世界だって生存競争が半端ねえんだ。試用期間のひよっ子のくせして逃げに入ってたら潰されっぞ！」

「でも」

「まだわからねえか！　だったらはっきり言ってやる！　こんなんでへたってるようじゃ本採用

はねえってことを忘れんじゃねえ!」

最後は罵声《ばせい》を浴びせるなりデスクの脚をガツンと蹴り飛ばした。

ついに昭和の体育会系が牙を剝いた。大樹が言っていた通り、これが角田の本性だったのだ。安易にスポーツを腐す幸介にも辟易《へきえき》しているが、根性論だけの体育会系も始末に負えない。

不本意ながらも反論の言葉を吞み込んでジムの仕事に戻ったが、幸いにしてこの日、幸介からのアプローチはなかった。

それは翌日も翌々日も同様で、気がつけば一週間経っても、幸介はもちろん妻の多江が姿を見せることもなかった。

ひょっとして夫婦仲がどうかなったんだろうか。そうも思ったが、それならそれで逆に助かる。

角田から恫喝《どうかつ》された直後は、こんなジム、クビにされる前に辞めてやる、とヤケになりかけたが、その後、冷静に考えてみれば、昭和の体育会系に恫喝されて辞めるのも悔しい。この不況時代、二か月で辞めたような人間を雇ってくれる会社などないだろうし、売り言葉に買い言葉で飛びだしたところで自分を追い詰めるだけだ。

そう思い至って踏みとどまったのだが、いまにして思えば軽はずみに辞めなくて正解だった。角田支配人は恫喝が効いたと勘違いしているのか、猫を被《かぶ》って働いているぶんにはとやかく言ってこないし、せめてあと半年から一年、お茶を濁しつつ働いてから辞めよう。

いまでは、そう自分に言い聞かせているのだが、そんな折に大樹先輩から携帯にメッセージが届いた。二人で遊びに行かない？　という誘いだった。

　おたがいのシフトを調整して、四日後の休日。大樹先輩と二人で郊外の自然公園を目指して電車に乗った。

　千帆たちには休日でも世間は平日とあって、都心へ向かう上り電車はラッシュだったが、下りの車内はガラガラだった。ゆったり座って車窓《しやそう》を流れる青空をデート気分でのんびり眺めているうちに、一時間ほどで自然公園に到着した。

　二人肩を並べて広大な緑に包まれた園内に入った。就職して以来、一日の大半を高齢者ばかりのジムで過ごしていただけに、若いカップルや幼児連れの母親がチラホラ見かけられる散策路を歩いていると、ふんわりと心が和《やわ》らいでくる。やっぱ大樹先輩らしいチョイスだな、と嬉しくなってくる。

〝千帆はおれが守るから〟

　今回の誘いに二つ返事で応じたのは、この言葉が耳に焼きついていたからだ。もともと爽《さわ》やかな人だと好印象を抱《いだ》いていたが、最初の飲み会で美玖が既婚者とわかったことでぐんと気持ちが近づいた。そして二度目に飲んだとき、おれが守るから、だ。一気に気持ちが傾いて、この人なら付き合ってもいいかも、と胸がときめいた。

　ほどなくして小さな湖が望める小高い丘に辿《たど》り着いた。緩《ゆる》やかな斜面には芝が敷き詰められ、その一角に丸太のベンチが並んでいる。

一服しようか、と促《うなが》されてベンチに腰掛け、駅前の自販機で買ってきたペットボトルの紅茶を二人で飲んでいると、大樹先輩がふと口を閉ざした。晴れ上がった空をくっきりと映した湖面を無言のまま見つめている。

どうしたんだろう。ひょっとして告白されるんだろうか。ちょっと緊張して固唾《かたず》を呑んでいると、大樹先輩が意を決したように、

「おれ、目が覚めた」

ぽつりと言った。え？　と聞き返した。

「人間って、こんな美しい自然を押し潰してゴチャついた街を造ってきたわけだけど、その同じ人間が、今度は人間自身を押し潰そうとしている。そう教えられて、おれもやっと覚醒したんだ。もう人間は、あんな出鱈目《でたらめ》なやつらを野放しにしていちゃいけないって」

何を言われているのかわからなかった。ＳＤＧｓとかの話だろうか。

戸惑《とまど》う千帆をよそに大樹先輩は続ける。

「ガチで目から鱗《うろこ》だったんだ。おれ、中学でサッカーをはじめた頃から体育会系的な上昇志向に違和感を感じててさ。体を動かすのは大好きだけど、なんで勝負に執着《しゅうちゃく》して競い合わなきゃいけないんだって。だから同じ体を動かす仕事でも、あえて介護トレーナーの道に進んだのに、ここでも体育会系的な上昇志向を求められてうんざりしてたんだ。けど、そうなる理由がやっとわかった。そうか、そういうことだったのか、って胸のつかえがスーッと消えていったんだ」

「あ、あの、何の話？」

きょとんとしてまた聞き返した。

「だから幸介氏の話だよ。千帆と約束したように、あれから彼と会って話したんだけど、おれが大嫌いな体育会系的な上昇志向に取り憑かれてるやつらって、結局はディープスポーツの末端要員だったわけで、幸介氏の慧眼《けいがん》に感服しちゃってさ」

背筋がぞくりとした。この人は何を言ってるんだろう。数日前まで幸介と呼び捨てだったのに幸介氏に変わっているし、気がつけばその目は据《す》わっている。

驚いた千帆はくだけた口調を意識して、

「やだもう大樹さん、なんの冗談？」

ふふっと笑ってみせた。大樹先輩流のボケなんでしょ、とかわしてみせたのだが、

「冗談なんかじゃないよ。初めて千帆から幸介氏の主張を聞いたときから気にかかってたんだけど、じかに話を聞いたらディススポμは有史以来の画期的な活動だと納得できて、それでようやく真実に覚醒したんだ」

恐ろしいことに大樹は大真面目《おおまじめ》だった。そういえば二度目に飲んだとき、〝ただおれ、幸介の言い分もわからなくはないな〟と言っていた。あのときは、高齢者を気遣って擁護《ようご》しているのかと思っていたが、すでにとんでも陰謀論に嵌《は》まりかけていたのだ。

そうと気づいてデート気分など吹き飛んでしまったが、それでも大樹は続ける。

「いまにして思うと、おれってどんだけやつらに騙《だま》されてきたことか、って腹が立っちゃってさ。結局、世の民はスポーツという美名のもとに競い合い至上主義に毒された結果、いまだに残

忍な戦争が起きて人間も自然もなぶり殺しにされ続けてる。ディープスポーツの陰謀にまんまと嵌まって、人類は自滅への道を歩み続けてるんだよ」

さすがに口を挟《はさ》まずにいられなかった。

「でも大樹さん、あたしはスポーツの素晴らしさを信じてるし、清宮幸介のたわごとなんかに惑わされちゃだめだと思います」

ずばり忠告したものの、

「なんだ千帆、もう角田に丸め込まれちゃったのか。角田みたいなディープスポーツの最末端要員の言いなりになってたら、はっきり言って身の破滅だぞ」

まるで動じていない。

「やめて、そんな言い方。あたしも角田さんには幻滅してるけど、昔はオリンピックを目指して純粋に頑張ってたって聞いてるし、世の中には、人生の悦《よろこ》びとしてスポーツに打ち込んでる人たちがたくさんいるの」

「だからそれが大間違いなんだよ。オリンピックこそが金メダルだ銀メダルだと騒ぎ立てる競い合いの権化《ごんげ》で、すべては疑似《ぎじ》戦争じゃないか。高校野球の甲子園《こうしえん》大会とかサッカーのワールドカップとかも似たようなもんだし、千帆がやってたハンドボールの日本選手権だって同類だ。早い話が、美辞麗句《びじれいく》で飾り立てられたスポーツイベントなんて、ディープスポーツの示威《じい》運動にすぎないんだ。しょせんスポーツの本質なんて〝自発的に階層アップを目指して競い合う習性を植えつける〟ための方便でしかないんだから、千帆もディススポμの同志になって立ち上がろうぜ！」

言葉を失った。こんな男にデート気分でついてきた自分が情けなくなって二の句を継げないでいると、その沈黙を論破したと勘違いしてか、さらに大樹は言い募《つの》る。

「ここまで言っても信じられないなら、エビデンスだってある。フランスの学者、ベルナール・ジレが書いた『スポーツの歴史』によると、スポーツと認められるためには〝遊戯、闘争、激しい肉体活動〟の三要素が必要だっていうんだよな。要は、最初は遊びと思わせて闘争に巻き込み、激しい肉体活動で消耗《しょうもう》させて従属させるものがスポーツだと言ってるわけで、これぞ権力亡者《もうじゃ》がスポーツに託した穢《けが》れた目的そのものじゃないか」

大樹が力説すればするほど、千帆はますます冷めていった。どうせネットで拾ったに違いないフランスの学者の説を都合よく解釈して、エビデンスだ、と言い張る姿は、屁理屈をこねている幸介と何も変わらない。

「そんなにスポーツが嫌いなら、トレーナーなんか辞めちゃえばいいじゃない」

思いきって言ってやった。

「いいや、辞めない。千帆にだけは言っとくけど、おれ、幸介氏から申しつかったんだ、やつらの動向を探るためにもジムに潜入し続けてくれって」

「潜入って、ねえ、ちょっと目を覚ましてよ」

「目を覚ますのは千帆のほうなんだ。きみはディープスポーツの罠《わな》に嵌まって、まんまと洗脳されてるんだよ。だから幸介氏は、ディススポμとして近々に何らかの行動を起こすって言ってるんだ」

「行動？」

「どんな行動か具体的には聞いてないけど、レジデンスの居住者の間にもディィススポμの画期的な理念が浸透しはじめてるから、居住者仲間と決起して、その成果をネットでバズらせたいそうだ。高齢者はネットに弱いから、ジムに潜入しているおれをはじめとする若い世代がネットをフル活用して、全世界に拡散してほしいって頼まれたんだ」

千帆も協力してくれるよね、と突然手を握ってきた。とっさにその手を振り払い、丸太のベンチから立ち上がった。

「どうしたんだ急に」

大樹が戸惑いの表情でいる。千帆の気持ちなどまるでわかっていないらしい。

まさかこんな人だとは思わなかった。千帆は無言のまま自然公園の出口へ向けて逃げるように駆けだした。


最低な休日を終えた翌日、千帆はいつものようにトレーナーの仕事に打ち込んだ。

こんなややこしい事態になってしまったら、今度こそ辞めるしかない、と思い詰めもしたが、これであたしが辞めるのはおかしい。もともとの原因は幸介なのだ。そのせいで角田と大樹も厄介な存在になってしまったわけで、あたしは何も悪くない。

そう思い至った結果、当面は三人を無視して働き続けよう。それでもまた三人から干渉《かんしょう》されたたらそこが辞めどきだ、と腹を決めた。

おかげで日々の仕事に、ますます気合いが入った。こうなったら、いつ辞める事態になるかわからない。その前に一刻も早く介護トレーニングのスキルを身につけ、再度の就活のアピールポイントにしようと思った。

一方で角田と大樹とは、事務的な会話以外は一切しないと決めた。とくに大樹はその後も未練たらたらで、電話やメッセージが何度も届いたが、無視し続けている。

そのぶんパートやバイトのスタッフとは、以前にも増して密に触れ合いはじめた。いずれもセレブ相手の仕事には一日《いちじつ》の長《ちょう》がある人たちだから、学ぶことはいくらでもある。とりわけパートのトレーナー、三十代半ばの桐谷妙子《きりたにたえこ》は筋金入《すじがねい》りだ。結婚出産を機に正社員からパート契約に切り替えた人だけに、スキルも経験も飛び抜けている。角田と大樹の目を盗んで積極的に助言を求めて頑張ることにした。

そんな千帆の変化に妙子もまた気づいてくれたのだろう、何かと目をかけてくれている。千帆が角田から恫喝された一件もどこからか漏《も》れ聞いたらしく、

「あなたは筋がいいから、こんなジムで燻《くすぶ》ってる場合じゃないわよ」

と励ましてもくれる。

こうしてさらに十日が過ぎた。幸いにしてその後、幸介が姿を見せることはなく、多少とも安堵していたが、でも、そうは問屋《とんや》が卸《おろ》してくれなかった。十一日目の午後になって、思わぬ騒動が降って湧《わ》いたのだ。

そのとき千帆はレストランにいた。安くてヘルシーな雑炊ランチを食べているところに妙子が飛んできた。ついさっきまでシニアの食事指導のポイントを教えてくれていたのだが、どうしたのか、と訝《いぶか》っていると、

「ジムが大変なことになってるの」

周囲を意識した小声で告げられた。

白髪に鉢巻をした幸介が同じ出で立《い》《た》ちの居住者七、八人と、手製のプラカードを手にジムに押しかけてきて、

『スポーツ洗脳反対！』

『悪辣な競い合いはやめろ！』

『ジムはレジデンスから出ていけ！』

『ディススポμは負けないぞ！』

と騒ぎ立てているという。

そういえば大樹が秘密めかして、幸介が何らかの行動を起こす、と言っていたが、こんなお笑いコントじみたデモに打って出ようとは思わなかった。

「あたしも最初、何かの冗談かと思ったんだけど、けっこう本気みたいだから困っちゃって」

妙子も呆れ顔でいる。まさに営業妨害も甚《はなは》だしい状況だそうで、だからといってシニア相手に手荒なまねはできない。これにはトレーニング中のシニアたちも怒りだし、野次馬もどんどん集まってきて、ジムは混乱を極めているという。

「もう勘弁してよ」

たまらず千帆は悪態をついた。たとえ七、八人とはいえ、大樹と同様、幸介の妄想に取り憑かれた居住者がそこまで取り乱そうとは呆れ返るほかない。

「わかりました、すぐ戻ります！」

千帆は勢いよく席を立った。

「だめ、戻らないで」

妙子に止められた。いま千帆が顔を見せたら、なおさら幸介を刺激する。ここにいてちょうだい、となだめられ、しぶしぶレストランに留まった。

そんなやりとりが、ほかの客たちの耳にも届いたのだろう。憶測を交えた会話も聞こえてくるが、千帆としては動くに動けない。苛々しながら十五分ほど待っていると、

「お待たせ！」

再び妙子がやってきた。

あれからしばらく角田と幸介の押し問答が続いていたそうだが、埒《らち》が明かない状況にぶち切れた角田が突如、空手の構えをビシッと決めて、

「警察呼ぶぞ！」

と一喝《いっかつ》した。途端に幸介たちは泡を食って引き揚げていったそうで、

「年寄りって、瞬間沸騰《ふっとう》してもすぐ怒り疲れちゃうでしょ。そこに空手と警察を持ちだされて怖《お》じけづいちゃったみたい」

結局、最後までお笑いコントさながらだったらしく、これには千帆も苦笑してしまったが、

「ただ、角田さんが収まらなくてね。千帆を探してこい！　って怒ってるの。どうする？　適当にごまかしとく？」

妙子が心配そうに聞く。

「いえ、すぐ戻ります」

千帆は即座に席を立った。いろいろと不可解な経緯があったにしろ、ここまで幸介が暴走した責任の一端は千帆にもある。

腹を括《くく》ってジムに戻ると、早くもトレーニング業務を再開したジムの入口で角田が待ちかまえていた。

「何やってたんだ！　年寄りってのはオレオレ詐欺《さぎ》のカモになるほど与太話《よたばなし》を信じやすいんだ！　おまえがうまくコントロールしねえから、集団騒擾《そうじょう》になるとこだったろうが！」

人目を憚《はばか》らず怒鳴りつけられた。集団騒擾とは集団行動による暴力などで社会秩序《ちつじょ》を乱す行為だそうで、すぐさまスタッフルームに連れていかれて尋問《じんもん》がはじまった。

その後、幸介にどう対応してきたのか。ディススポμとは何なのか。デモの兆候《ちょうこう》に気づかなかったのか。などなど、いまだ逆上が収まらない角田から詰問《きつもん》された。

千帆は正直に答えた。ただ、大樹の件だけは黙っていた。なにしろ大樹からは〝幸介の命《めい》を受けてジムに潜入し続ける〟と告白され、〝幸介が近々に行動を起こす〟とも言われていた。なのに角田には報告していなかっただけに、いまさら大樹のことに触れたら陰謀論者に肩入れしてい

たと疑われかねない。

厄介な立場に置かれてしまったことにうんざりしながら角田の尋問に耐えた千帆は、最後にこう宣告された。

「今回の一件についてはレジデンスの親会社にも相談して幸介らを出禁にする。だが、また何かしでかすかもしれんから、今後は千帆の責任で事を収めろ。それができなかったら即刻クビだ！」

またも恫喝されて、こんなジム、辞めてやる！　と喉元まで出かかったが、黙って引き下がった。ここでまた一波乱巻き起こすのも面倒臭《めんどうくさ》いし、この怒りを幸介にぶつけなければ辞めるに辞められない。

やり場のない怒りを抱えてトレーニング仕事を再開すると、妙子が近寄ってきて耳打ちされた。

「どうだった？」

「あたしが事を収めなきゃクビだって。もうマジで頭がおかしくなりそう」

千帆が本音を口にすると、

「だったら健康相談室の君嶋先生に相談してみたら？　専門は内科だけど心理カウンセラーの資格も持ってるらしいし」

心のケアもしとかなきゃ、と勧《すす》められた。

そういえば受付スタッフの美玖が、幸介も相談にきたと話していた。その手があったか、とトイレに走って健康相談室の受付に電話を入れた。

「ああ、さっき噂《うわさ》で聞いたけど、幸介たちがジムに押しかけたんでしょ？　最近、大樹さんまで変になってたから心配してたのよ」

美玖がそう気遣ってくれて、明日の都合のいい時間に予約入れたげる、と言ってくれた。

翌日の午後四時過ぎ。早番勤務を終えた千帆は健康相談室のカウンセリングルームへ向かった。

「あら、あなたが千帆さんなの。レストランで見かけたわよ」

君嶋先生に微笑みかけられた。美玖が言っていた通り気さくな女医さんで、ほっとしながら診察椅子に腰掛けると、

「で、何があったの？」

早々に問われた。

とりあえず、運動嫌いの幸介がディスポμを立ち上げるまでの経緯を話した。その間、幸介の懐柔《かいじゅう》に努めてきたものの、いまやジムの先輩も洗脳されるわ、お笑いコントもどきのデモも起きるわで、ネットで拡散されるのも時間の問題になっている。そんな事態に巻き込まれて、いまや千帆自身の進退も含めて重圧に押し潰されそうになっている、とすべてを打ち明けた。

「なるほど、そういうことね。ディスポμの噂は私の耳にも入ってきてるけど、突然、カルト的な陰謀論者になってしまった幸介さんと周囲の人に振り回されて、千帆さんの心が悲鳴を上げ

てるわけね」

君嶋先生は柔和《にゅうわ》な面持《おもも》ちで千帆の苦悩を受けとめてくれたが、守秘義務ゆえだろう、幸介の相談に乗ったことは伏せたまま続けた。

「これはあくまでも一般論なんだけど、こういった場合、まずは陰謀論に取り憑かれた人の内面を探ることからはじめたほうがいいかもしれないわね。おそらく幸介さんは、心の内に過大なストレスを抱えて追い詰められているんだと思うの。自分は悪くないのに、自分ばっかり悪く言われている。なぜそんなに追い詰められるんだ、と苦悩し続けている。そんな心理状態に陥ったとき、ある種の人たちは心に安定をもたらす手っ取り早い手段として、陰謀論に走っちゃうのね」

これはだれかの陰謀だ。だれかの陰謀で自分は追い詰められてるんだ。そう思い込むことで、自分は悪くない、悪いのはやつらだ、と架空《かくう》の何者かに責任転嫁《てんか》して過大なストレスを軽減しているのだという。

「だから、千帆さんにとってスポーツ陰謀論は馬鹿げた妄想でしかないだろうけど、幸介さんは本気で信じてるの。しかも、そこに自己承認欲求も絡《から》んでくるから、なおさら、ややこしいことになっちゃってるわけ」

「自己承認欲求、ですか」

「そう。さっき私は〝ある種の人たち〟って言ったけど、自分を認めてほしい、自分に注目を集めたい、みんなにかまってほしい、っていう欲求が強い人ほど、その人ならではの理論や考え方に基づいた〝真実〟をみんなに発表したがるのね。独自の陰謀論を喧伝《けんでん》して多くの人たちにも信じさせることで、ほら、やっぱり自分は悪くない、と安心してその場においてはストレスから解放される仕組み」

「ああ、そういうことですか」

幸介の心の内が見えてきた気がして、千帆は大きくうなずいた。

「この仮説を踏まえて、悲鳴を上げてる千帆さんの心を解きほぐすには、陰謀論者に接する姿勢を変えたほうがいいかもしれないわね。陰謀論を唱える人って、自説を否定されると自分自身も否定されたように感じるわけ。だから陰謀論自体は否定せず、陰謀論を振りかざす人の内面に潜《ひそ》んでいるストレスに目を向けたほうがいいと思う」

具体的には、その人の日々の生活に心配事がないか、それとなく尋ねて耳を傾けてあげる。すると、実は身内にトラブルが生じているとか、金銭問題で揉《も》めているとか、意外な悩みが浮上してくるものだという。

「それがわかったら、その悩みに寄り添って解決に導いてあげる。それだけで自然と陰謀論を唱えなくなるケースがけっこうあるのよ」

「そんな簡単に?」

「不思議なものでしょ。でも、そうなれば千帆さんのストレスも自然に解消されるわけだから、まずは改めて幸介さんと周囲の人たちと、ざっくばらんに話してみたらどうかしら。きちんと話せば、陰謀論に走った原因が運動嫌い以外の悩みだとわかるかもしれないし、やってみる価値はあると思うわよ」

そう言って千帆の目を見る。

その言葉には妙な説得力があった。嚙《か》み砕《くだ》いた語り口で説明されるほどに、混沌《こんとん》としていた心が徐々に解きほぐされていく。

「わかりました。改めて話してみます」

千帆は素直にうなずいた。

「うん、それがいいわね。いろいろ話して何かわかったときは、また相談にいらっしゃい」

待ってるわね、と君嶋先生は穏《おだ》やかに微笑んだ。


居住棟のエントランス前で立ち止まり、思わず建物を見上げた。高級感を前面に打ちだした二十四階建ての大規模マンションを間近にすると、ほかにはない妙な迫力がある。

よし、勝負だ！　と千帆は自分に気合いを入れてエントランスに歩を進めた。共有施設棟のスタッフにとって、居住棟に入るのは居住者のプライバシーに踏み込むようなものだ。妙子が紹介してくれたコンシェルジュと呼ばれる居住棟の受付係、木野内亜耶《きのうちあや》という女性に事情を話し、オートロックのインターホンを押すときはいささか緊張したが、

「ああ千帆さんね、上がってらっしゃい」

多江からあっさり入室を許された。

今日の朝イチに電話を入れて、幸介様とお話しさせていただきたい、と伝えたときは、

「ごめんなさいね、いま主人は留守なのよ。あたしでよければ一時間後に来てちょうだい」

と言われた。やはり幸介との直接対話は拒《こば》まれた、とがっかりしたものの、多江に交渉してちょっとだけでも話せればと淡《あわ》い期待を抱いて、いざ十六階の一六〇二号室にお邪魔してみると、幸介は本当に留守だった。

落胆しながら眼下に緑の丘陵《きゆうりよう》が望めるリビングのソファを勧められて腰を下ろすと、部屋着姿の多江がお茶を淹《い》れてくれて、

「実は、主人はしばらく帰ってこないのよ」

ごめんなさいね、と恐縮している。

「どちらへお出掛けで？」

「昔住んでた都心の団地。まだ売却してなかったから、当面、主人だけそこで暮らすことになったの。早い話が、別居」

「え、じゃあ」

言葉に詰まった。ディススポμの波紋が、そこまで及んでいようとは。

「あ、違うの、別に離婚とかじゃないのよ。うちの息子が、親父はここにいちゃいけない、って団地に連れて帰ったの」

多江が慌てて弁明した。

そういえば幸介夫妻の一人息子は、ＩＴ関係の会社を興して成功した人だと聞いている。その一人息子が例のデモの日、多江からのＳＯＳに驚いてレジデンスに駆けつけ、幸介と二人で夜を徹して話し合った。その結果、親父はおれの管理下で暮らしたほうがいい、と息子が判断して元

の団地に引っ越しさせたのだという。

「いま息子は団地から程近いタワーマンションで奥さんと二人暮らししてるんだけど、団地に親父がいてくれれば夫婦二人でつかず離れず面倒を見る、って言ってくれたから、あたしも賛成したわけ」

「でもそれでご主人は納得されたんですか？」

あれだけディススポμに入れ込んでいたのだ。レジデンスには同志もいるだろうし、素直に団地に戻ったとは思えない。

「その点はあたしも心配したんだけど、あの日、息子が車でレジデンスに駆けつけてくるとき、心理学に詳しい友だちに電話して相談したんだって」

その友人が教えてくれた陰謀論者への対処法が、奇《く》しくも千帆が君嶋先生から授けられた助言と同じだった。そこで息子が幸介と膝詰《ひざづ》めで話したところ、幸介の内面に隠されていたストレスは、このレジデンスで暮らしていること自体だとわかった。

「レジデンス暮らし自体がストレス？」

どういうことです？　と千帆は問い返した。

「あたしも最初は不思議に思ったの。でも息子は、親父の人生を顧《かえり》みれば、それが最良の方法だって言うわけ。だからあたしも主人の過去を振り返ってみたんだけど、彼は定年までずっと公立高校の平《ひら》教師だったのね」

かつては教頭や校長への出世を目指したこともあったそうだが、根っから生真面目《きまじめ》な幸介は、その手の世故《せこ》に長《た》けていなかった。

「だって、そもそも教師って世間知らずが多いんだけど、とりわけ主人は子どもの頃から勉学一筋で、バイトひとつしないで大学を出て、世の酸《す》いも甘いも知らないまま先生と呼ばれる仕事に就いたわけ。だから教師の世界でも飛び抜けて無垢《むく》な人で、出世競争には負けっぱなしで、結局、平教師のまま定年を迎えたの」

それはそれで立派な人生だと千帆は思うが、無垢な人という点は当たっている気がする。ところが、そんな幸介を見て育った息子は、まるで対照的な人生を歩んできたのだという。

「まあよくある話なんだけど、息子は奔放《ほんぽう》そのもので、子どもの頃からアニメやゲーム三昧《ざんまい》だったの。おかげで高校は一年留年して、やっと入れた大学も二年で中退。もうあいつのことは諦《あきら》めた、って主人は匙《さじ》を投げてたのね。なのに気がついたら息子は、遊びだったゲームの世界でどんどん伸《の》し上がって若くしてお金持ちになっちゃった」

「あ、ゲームの会社をやられてるんですか」

「そうなの。だからこれが主人にはショックだったみたいなのね。ゲームばっかりやってないで勉学に打ち込め！　って説教してた息子が大成功しちゃったんだから、主人の面目《めんぼく》は丸潰れでしょ」

いまにして思えば、当時の幸介はやけに沈み込んでいたという。多江は男の更年期かと思っていたそうだが、実際には、自己嫌悪と息子への嫉妬《しっと》に苛《さいな》まれていたに違いない、と多江は唇を噛む。

「そこに追い打ちをかけるように、息子がセレブ仕様の介護付き高級分譲マンションをプレゼントしてくれたわけ。あたしは単純に喜んでたんだけど、主人にとっては成功者の息子に成功者だらけの異空間に放り込まれたも同然で、それはもう敗北感と屈辱感《くつじょくかん》にまみれた日々だったらしいの」

そんな人知れぬ苦悩が爆発するきっかけになったのが、生来の運動嫌いだった。それでなくても劣等感《れっとうかん》に打ちひしがれている幸介が成功者御用達《ごようたし》のジムに連れてこられて、大嫌いな運動を強《し》いられた。この屈辱的な出来事が、セレブ地獄にもがき苦しむ幸介のストレスをさらに増幅し、いつしか陰謀論が忍び込んできた。運動嫌いならではの妄想がディススポμという主義主張にすり替わり、これぞ正義だと思い込むようになった。

「それを知ったときは、もう大ショックだったの。だってあたしは沈み込んでる主人を励まそうとしてジムに連れてっただけなのね。主人がそれほどのストレスに追い詰められてるなんて考えもしなかったから、本当に可哀想《かわいそう》なことをしたと思って」

多江は深々と嘆息して、シミが浮いた小さな拳《こぶし》を握り締めた。

再び健康相談室を訪れたのは、二日後の午前中だった。

受付の美玖に電話を入れたところ、たまたまキャンセルが入った予約枠に滑り込ませてくれた。そこで仕事を抜けだして足を運ぶと、

「あら千帆さん、どうだった?」

カウンセリングルームに入るなり君嶋先生に問われた。

「それがなんとも意外な結末になっちゃいまして」

多江の話をそっくり伝えた。

「うーん、思わぬどんでん返しね。ただ、それで彼の妄想活動は収まったの？　ストレスが軽減されても、事態が一挙に改善されるとは限らないし」

「あたしもそれを心配してたんですけど、実は多江さんが毎日の状況をメールで知らせてくれてて、昨日も特段の変化はなかったそうです」

「だったらよかった。多江さんも慎重に対応してくれてるわけね」

君嶋先生が微笑んだ。

「だけどあたし、今回のことでは考えさせられちゃいました。世界的に良しとされてきたスポーツが、あんな捉《とら》え方をされたなんて」

「まあ結局、人間が生きてる限り、物事には表と裏があるってことよね。表裏のどっちを見るかで価値観も評価も変わるものだし、時代や国や民族によっても変わる。だから、どっちが真実か、なんて二者択一で考えても意味ないのよ。ディススポμの彼らだって、競い合いはいかんと言いながら、自分たちも闘争という名の競い合いをはじめてたわけだし。そう考えると、どっちもどっちと割り切って距離を置いてるのが一番だと思うの。賢く生きるためにも、その手の主義主張や思想とは一定の距離を置いて、いいと思った部分だけ選びとって生きていく。もちろん、あなたに強要するつもりはないけど、そうでもしなきゃ私は心の平穏《へいおん》を保てないから」

こう見えても弱い女だしね、と君嶋先生は身をすくめてみせた。

なるほどと思った。昨日の夜、千帆も偶然、君嶋先生と似たようなことを考えたからだ。

ただ、ひとつだけ君嶋先生と違うのは、千帆はまだそこまでは悟《さと》り切れていない。主義主張や思想から一定の距離を置きたくても、それを徹底できるかといえば、まだ自信がない。

いずれにしても、これでもう思い残すことはない。千帆は君嶋先生に丁重《ていちょう》にお礼を言ってジムに戻り、スタッフルームへ向かった。

角田支配人はいつも通りパソコンで事務仕事をこなしていた。千帆が声をかけると、

「何だ急に」

訝しげにこっちを見る。

すかさず一通の封筒を突きつけた。〝退職届〟と記されている。

角田は一瞬、眉根を寄せたものの、黙って封筒を受け取ってデスクの隅にポイッと放り投げ、何事もなかったかのように再びパソコンに向かってキーを打ちはじめた。

その横顔に向けて、あっかんべー、とばかりに舌を出すなり千帆はスタッフルームを飛びだし、桐谷妙子にだけ別れの挨拶をして悠々ジムを後にした。


気がつけば一か月が過ぎていた。

転職活動は、あの翌日からはじめたのだが、まだ仕事は見つかっていない。

といって、焦りはない。ジムを辞めて以来、鬱屈《うっくつ》していた心は一気に解放されたし、また、大

樹と物理的な距離を置けたこともよかったと思う。

実は千帆が退職した日、大樹から再び何度となく携帯に連絡が入った。あまりのしつこさにその晩にはブロックしてしまったが、チラチラ覗き見したところでは〝今後もジムに潜入し続けて、千帆を排除した角田を成敗してやる〟と虚勢《きよせい》を張っていた。

でも、そんな言葉は微塵《みじん》も信じていない。妙子から聞いた話だと、あのとき大樹はデモの様子を携帯で動画に撮っていたらしい。そればかりか、デモ隊が去ったあと、角田に擦《す》り寄って動画を見せながら〝あれはないっすよねえ〟と幸介を非難していたという。つまり大樹は、〝幸介氏が近々に行動を起こす〟と得意げに語っていたにもかかわらず、実際にデモ隊がジムに押しかけてくるという予想外の事態にビビって一瞬にして寝返ったのだ。

もちろん、幸介の行動が正しかったとは千帆も思わないけれど、しょせん大樹はそんな男だったのだ。あんな男と付き合いかけていたかと思うと、いかにあたしは男を見る目がなかったのか、と改めて情けない気持ちになる。

ただ、わずか二か月余りの会社員生活ながら、これはこれで貴重な社会体験だったのかもしれない。かつては、絶対に介護トレーナーになる！　と気張っていた自分が嘘のようだが、どうせ世の中に絶対なんてものはない。これしかない、と思い詰めるより、成りゆきまかせで気ままに生きていくほうが楽しそうだし、今日も朝から近所の児童公園に出掛けてブランコを漕《こ》いできた。

ところが、だった。せっかくお気楽な気分になれていたのに、児童公園から帰ってアパートの郵便受けを開けた瞬間、一か月前の自分に引き戻された。

一通の手紙が届いていた。差出人は、清宮幸介。

どこで住所を知ったんだろう。ぞくりとしたが、念のため、中身を読んでみた。

『千帆さん、その後、元気でやっておるだろうか。わしはいま、都内の団地で一人、のんびり暮らしとるのだが、ここにきて人の名前だの老眼鏡を置いた場所だのはすぐ忘れてしまうのに、昔の出来事をあれこれ思い出すようになってね。

そこで今日は千帆さんに、わしの昔話をしようと思って筆を執《と》った次第だが、あれはもう四十年ほど前のことになるだろうか。

当時、わしは都心の公立高校で世界史を担当しておったのだが、ある日の授業で中世ヨーロッパの盛衰史《せいすいし》を教えていたところ、一人の女子生徒が思い詰めた顔で手を挙げて、こんな質問をしてきた。

「清宮先生、どうして人類は戦《いくさ》ばかりしてた人たちを英雄と呼ぶんですか？　あたし、歴史を変えた英雄とか天下統一した武将とか、そういう人たちが大嫌いです。だって彼らは策謀をめぐらせて人々を煽り立てて殺し合いをさせた人たちじゃないですか。なのに、その人殺しの元締めだけは生き残って英雄扱いされて銅像まで建てられてるなんて、絶対におかしいです。その裏では、無理やり戦に駆り立てられて殺し合いをさせられた農民や足軽たちが山ほどいたのに、勇ましい言葉で命令してただけの人が、皇帝だとか征夷大将軍《せいいたいしょうぐん》だとかになって君臨《くんりん》してたわけじゃないですか。それってどう考えても許しがたい蛮行《ばんこう》だと思うし、いまだってそういう人たちが大手《おおで》を振って歩いている。それについて清宮先生は、どうお考えなんですか？」

とまあ、まだ三十そこそこの若手教師に思いもかけない質問を投げかけてきたのだが、そのときわしは、こう答えた。

「きみがそう考える気持ちもわからなくはないが、これが歴史というものなのだ。だからいまは、過去にそうした事実があったということを、しっかり記憶に留めておくことが大事だと思うんだな」

いまにして思えば酷《ひど》い答えだった。彼女の質問の核心から逃げただけの卑劣な教師でしかなかった。

それだけに、思い返すたびにわしは忸怩《じくじ》たる思いに駆られるのだが、その本当の答えに気づけたのは、四十余年後、悠々ジムで初めて千帆さんに出会った直後だった。

妻からトレーニングを強要されて難儀していたとき、駆けつけてきた千帆さんをひと目見たわしは、あの女子生徒だ、と仰天《ぎょうてん》した。それほど千帆さんは彼女に生き写しだった。

だが、よくよく考えてみれば、いまや彼女も五十代後半のはずだ。早い話が他人の空似というやつだったのだが、ただ、千帆さんと出会えたおかげで、彼女に伝えるべきだった本当の答えにわしは辿り着けたのだ。

「人類が歴史上、数多繰り広げてきた戦なんてものは、無慈悲《むじひ》で冷酷《れいこく》な輩《やから》が支配欲と自己承認欲求を満たすために仕組んだ残忍な茶番劇にすぎないんだよ。その本質は現代に至ってもまったく変わらないし、きみの周囲にもそういう人間が山ほどいるはずだ。だからこそ人類は、極めつきの絶滅危惧種にまで追い詰められてしまったわけで、戦の果てに世界各地で核兵器が炸裂《さくれつ》して滅亡する日は間近に迫っている。だが、まだ遅くない。スポーツという名の競い合いと階層化を鼓《こ》舞《ぶ》する無慈悲で冷酷な輩たちの陰謀に踊らされることなく、いますぐ真実に覚醒してスポーツ撲《ぼく》滅《めつ》という思考回路に舵《かじ》を切れば、ぎりぎり間に合う。そして、その舵を切るのは、きみたち若者だ。きみたちが真実に覚醒しさえすれば、人類は絶滅の危機から間違いなく脱出できるのだから」

以上、この歳《とし》になってわしが導きだした真実を、どうか千帆さんも噛み締めてほしい。老い先短いわしに代わって若い千帆さんたちが、ぜひこの世界を救ってほしい。いまのわしにとって、これは切なる願いなのだ』

長い手紙を読み終えた千帆は、ぽかんとしていた。

手紙を通じて改めて幸介の主張に触れているうちに、真実とは何なのか、再びわからなくなったからだ。

といって、スポーツを諸悪の根源と断じるだけで人類が救われるのか、と問われれば否《いな》と答えるしかないわけで、考えるほどに頭が混沌としてくる。

あたしは体を動かすのが好きだ。ただ単純に好きなだけで、そこに理由などない。だから体を動かすのが嫌いな人がいても一向にかまわないし、咎《とが》め立《だ》てする気もない。なのに、なぜスポーツを貶《おとし》める考えが生まれて、運動好きなあたしですら、その考えにも一理あるように思えてくるのか。

真実って何なんだろう。

君嶋先生は〝どっちもどっちと割り切って距離を置いてるのが一番だと思うの〟と言っていた。千帆もそのときは納得したつもりでいたけれど、そんな簡単に割り切れるものだろうか。割り切らなきゃいけないものだろうか。

考えれば考えるほど、ますますわからなくなった千帆は、そっと手紙を閉じて引出しの奥にしまった。

第二話

不条理なあなた

その婆《ばあ》さんがやってきたのは、図書管理デスクのパソコンに向かって憑《つ》かれたようにキーを叩《たた》いている最中だった。

だめなときは何時間呻吟《しんぎん》しても一行たりとも書けないのに、今日は三十分でペラ五枚の超ハイペース。いわば執筆のゾーン状態に入っているだけに、本の束を抱《かか》えた婆さんがデスクの前までやってきてもまったく気づかなかった。

ペラとは脚本が手書きだった時代の二百字詰め原稿用紙のことだ。パソコン執筆になったいまもペラ換算で数えているのだが、いまや島森圭太《しまもりけいた》の脳内エンジンは高速回転し、ペラの枚数が飛躍的に伸び続けている。この調子なら明日にはエンディングまで辿《たど》り着けそうだ。これでようやく絶好のチャンスをものにできる、と思うと昂揚感《こうようかん》が止まらない。

圭太が舞台劇の脚本家を志《こころざ》したのは大学の文学部時代だった。卒業後もバイト生活の傍《かたわ》ら一作書き上げるたびに劇団の演出家に売り込み続けてきたのだが、箸《はし》にも棒にもかからないまま三十歳も目前になってしまった。もう限界だろうか。そろそろ夢とは決別して就職すべきだろうか。さすがに心折れそうになっていたある日、下北沢《しもきたざわ》の小劇場で働いているスタッフが声をかけてくれた。

「師岡《もろおか》さんが新しい本を探してるみたいよ」

師岡とは、いま演劇界で最も注目されている『劇団失格』の代表兼演出家だ。次回公演は、脚本家の卵が書いた本でやってみたい。いろいろ読んで、気に入ったものがあれば即採用する、と言っているという。

これぞ最後のビッグチャンスだ。圭太は意気込んだ。これでだめなら筆を折る、とまで思い詰めてシリアス劇の王道ともいうべき全三百枚、上演時間百二十分ほどの新作を書きはじめたのだが、そのプレッシャーたるや半端《はんぱ》ではなかった。中盤に至るまでは何度となく投げだしそうになったものだ。

それだけに、終盤に入ってからの超ハイペースは自分でも信じられないほどだ。このまま一気にエンディングまで書き進められれば、師岡の目に留まる一作になるに違いない。そんな確信まで湧《わ》き上がってきて、無我夢中でキーを叩き続けていたのだが、そのとき不意に、ドスンッ、とデスクの上に本の束を積まれた。

顔を上げると、紫色のショートヘアにジーンズを穿《は》いた婆さんが立っていた。どこかで見た顔だ、と思いながら、

「こ、こんにちは」

慌《あわ》ててパソコン画面を脚本から蔵書のデータベースに切り替え、

「本日は、ご寄贈でしょうか」

平静を装って尋《たず》ねた。

レジデンス悠々《ゆうゆう》の共有施設『悠々図書室』は、居住者からの寄贈本で成り立っている私設図書館だ。公立図書館と違って管理スタッフに司書の資格はいらないから、つい半年前、共有施設の管理課長面接で〝文学部卒で脚本家を目指している本の虫です〟とアピールしたらあっさり採用された。

居住者からの寄贈本を書棚に並べ、貸出返却を管理する。蔵書にできない寄贈本は古書店に売却し、運営費の足しにするなど出納《すいとう》管理業務もこなす。それが日々の仕事で、基本的にワンオペながら飲食店や引っ越しのバイトに比べたら遥《はる》かに楽な仕事だ。利用者も少ないため、暇《ひま》な時間はこっそり脚本を書いていられるし、資料本にも事欠かない。セレブな高齢者の寄贈本には希少本や専門書も多いから、こんなに都合のいい職場はない。

実際、七十代と思われるパープルヘアの婆さんが持ち込んできた二十冊ほどの本も、フランス文学の希少本から絵画、音楽、映画の専門書に加えて高価そうな画集まで。脚本の資料に打ってつけのものばかりで、

「よろしいんですか？　こんな素晴らしい本ばかりご寄贈いただいて」

一冊一冊確認しながら聞いた。

「もう中身は頭に入っちゃってるから、本自体には執着《しゅうちゃく》がないのよ。だから今日は全部で三百冊ほど持ってきたの」

婆さんはひょいと後ろを振り返り、節子《せつこ》さん、早く早く、と声をかけた。見ると、ころんとした小柄な体に割烹着《かっぽうぎ》をまとったシニア婦人が、段ボール箱を五箱載せた台車を押してくる。お手伝いさんだろうか。セレブが暮らす居住棟にはメイド部屋付きのフロアもあるらしいし、と考えていると、婆さんが続ける。

「ただし、寄贈じゃないわよ。希少な初版本も多いから高値で売ってちょうだい。報酬《ほうしゅう》は、そうね、お小遣《こづか》いに三パーあげる」

右手の指を三本立てる。

「いえ、うちは寄贈が原則でして」

「でも古書店が出入りしてるって聞いたわよ」

「あれは蔵書にできかねる本を売却して、図書室のサービス向上費に充《あ》てておりまして」

「それはないでしょう、こっちはこんな貴重な本を手放すのに総取りは狡《ずる》いわよ」

「でも規定ですから」

「んもう、若いのに融通《ゆうずう》が利《き》かないんだから。だったら内緒でお小遣い五パーでどう？」

「いえ、そういうことでは」

「ああそう、だったら内職してたことチクる」

「は？」

「いま脚本みたいなの書いてたでしょう」

パソコンモニターを指差し、さっきの画面を見せてごらん、見せないとチクるわよ、と脅《おど》された。これにはビビった。せっかく背水《はいすい》の陣《じん》で臨《のぞ》んでいるのに、勤務時間中に書けなくなったら困る。しぶしぶながらも画面を切り替えて見せると、

「何の脚本？」

ト書き入りの原稿を覗《のぞ》き込んでくる。

「小劇団用の作品です」

「どんな話？」

「不条理な悲恋物語というか」

「ちょっと読ませて。内職のことは内緒にするから」

「でも、まだ途中ですし」

「途中でもいいから読ませて。でないと、ほんとにチクるわよ」

婆さんは再度、低い声で脅しつけてきた。


高円寺《こうえんじ》駅近くの居酒屋に入ると、小劇場のスタッフ佐竹《さたけ》が、ちりちりアフロヘアの師岡と一緒に焼酎《しょうちゅう》のロックを飲んでいた。

一昨日《おととい》、ようやく書き上げた脚本を佐竹にメール送稿したのに音沙汰《おとさた》がないため、師岡さんに転送してくれました？　と確認の電話を入れたところ、

「明日の午後七時、高円寺に来てくれるかな」

と佐竹から告げられた。これはひょっとして、と心弾《はず》ませながら飛んできただけに、佐竹が紹介してくれた師岡に、

「今回は貴重なチャンスをいただき、ありがとうございました」

圭太は丁重《ていちょう》に頭を下げた。ところが師岡は、ぎろりと目を剝《む》くなり、

「ありきたりだな」

投げやりに言い放った。

「は？」

「おまえ、うちの尖《とが》った芝居、観たことあんのか？　こんなありきたりな悲恋物、うちがやると思っててんのかよ」

「いえ、実は一見すると、ふつうの悲恋物っぽいんですけど、深読みするほど不条理な感覚に追い詰められる斬新《ざんしん》なスタイルに挑戦してみたんです」

「おいおい、これのどこが不条理で斬新だってんだよ。失業男と失恋女が酒場で出会ってゴタついたあげくに逃避行《とうひこう》って、ベタでありきたりな不倫《ふりん》物でしかねえだろが。台詞《せりふ》だって最低だ。〝おまえの愛は虚構《きょこう》そのものだった〟〝酷《ひど》い、あたしはあなたの因果《いんが》な劣情《れつじょう》に巻き込まれただけの女なのよ〟って、不条理めかしたポンコツ台詞のオンパレードじゃねえか。おまけに、何だこのタイトルは。『不条理なあなた』って、不条理って言葉を使えば不条理劇になるわけじゃねえんだよ。おめえ、ベケットもイヨネスコも観たことねえんだろう。ったく、失笑を通り越して腹が立ったぜ。こんなんで客を呼べるわけねえだろが」

口汚く腐されて焦《あせ》ったものの、

「ですけど師岡さん、そろそろ劇団失格も、これぐらい振り幅のある世界観にチャレンジしてもいいと思うんですよ」

と食い下がった途端《とたん》、師岡が怒りだした。

「馬鹿野郎！　言うに事欠いておれの劇団にケチつける気か！　このクソ脚本のどこに振り幅のある世界観があるってんだよ！　不条理劇の何たるかも知らねえくせして舐《な》めた口利いてんじゃねえ！」

バンッと力まかせにテーブルを叩くなり、会ってやっただけでありがたく思え！　と吐き捨てて焼酎ロックを呷《あお》った。

佐竹が、早く帰れ、とばかりに目配せしている。万事休すとは、このことだった。仕方なく圭太は唇《くちびる》を嚙《か》みながら席を立ち、すごすごと居酒屋を後にした。

わざわざ呼ばれて、ここまで腐されるとは予想外の展開だったが、これで脚本家への道は断たれたと思った。

おれはこれから、どう生きていったらいいんだろう。悄然《しょうぜん》とした気持ちを抱えて東京郊外の四畳半のアパートに帰ってきたものの、いまも悔しさと絶望が渦巻《うずま》いている。

結局、そのまま眠れぬ一夜を過ごした圭太は、翌朝の九時、重い体を引きずって図書室に出勤した。脚本家を諦《あきら》めるからには、もう何があろうとバイトは休めない。当面はこのバイトにしがみついて生活しながら、つぎの道を探らなければならない。

まいったなあ。欠伸《あくび》を漏《も》らしながらデスクのパソコンを起動していると、

「おはよう」

声をかけられた。三日前、瀬戸崎《せとざき》と名乗って帰ったパープルヘアにジーンズの婆さんだった。こんなときにかぎって面倒臭《めんどうくさ》い客がやってくる。

結果的にはあのとき、瀬戸崎の脅しに負けて三百冊の本を預かってしまった。そればかりか、読ませろと迫られた書きかけの脚本も印刷して渡してしまったから、彼女の用件といったらその二つしかない。

「瀬戸崎様、申し訳ありません。今回は大量のご寄贈でしたので、古書店がまだ見積もり中でして」

先手を打って愛想笑《あいそわら》いを浮かべてみせたが、実際には、まだ古書店は呼んでいない。売却金の五パーを小遣いにくれると言われたものの、対処に困って書庫に放り込んだままになっている。

ところが瀬戸崎は、本の売却には触れることなく、

「読んだわよ、『不条理なあなた』」

とデスクに身を乗りだし、

「なかなか面白《おもしろ》かったから、結末まで読ませてくれる？」

思わぬことを言いだした。

「いえいえ、とんでもないです。しょせん、ベタでありきたりな悲恋物ですし」

師岡に腐されたショックが抜けきっていないだけに自嘲《じちょう》で返したが、

「あら、ベタでありきたりのどこが悪いの？　ベタでありきたりな見た目で大衆の心を鷲摑《わしづか》みにした上で、日々の鬱屈《うっくつ》を高次元の内面的昂揚に昇華《しょうか》させる。いまあたしは、そんな映画が撮りたいのよ」

妙《みょう》な褒《ほ》め方をして、瀬戸崎はジーンズのポケットから名刺を取りだした。

『映画監督　瀬戸崎未菜《みな》』

え、と圭太は名刺を見つめながら、

「あの有名な未菜監督ですか？」

半信半疑で問い返した。

映画ファンの間では未菜監督と呼ばれている瀬戸崎未菜は、かつてシリアス映画の女流巨匠《きょしょう》として一世を風靡《ふうび》した人だ。初対面のときは、どこかで見た顔だと思いながらも、パープルヘアと老け顔がメディアで見た写真とかなり違っていたため気づけなかった。

「失礼しました、『底無《そこな》し川《がわ》』は高校時代にＤＶＤで観て感動しました」

さほどのファンではなかったものの、とりあえず社交辞令を返すと、

「あらそうだったの、ありがとう」

未菜監督は満足げに顔を綻《ほころ》ばせた。

「記念に写真、よろしいでしょうか」

とっさに圭太は携帯を取りだして聞いた。

「いいわよ」

嬉《うれ》しそうにうなずいた未菜監督を撮るふりをして、こっそり録音アプリを起動した。本の売却の件でまた脅されたら、会話だけでも録《と》っておけば何かの対抗措置《たいこうそち》になる気がした。

なにしろ未菜監督は、映画界きっての暴君とメディアから揶揄《やゆ》されていた人でもある。脚本を持ち上げられたからといって、うっかり気は許せない。なのに気をよくした未菜監督は、圭太が警戒しているとも知らずにまた脚本に話を戻す。

「そういうわけだから、あの脚本、ほんとに結末まで読ませてほしいの。最近のあたしはレジデンスでのんびり暮らしてるから〝元監督〟だと思ってる人も多いけど、撮りたい気持ちは昔と変

わらないし、どうせなら若い人が書いた脚本で、っていう気持ちがけっこう強いのね」

三日前と違って、脅し文句なしの直球で迫られた。

「ありがとうございます。お世辞でも嬉しいです。ただ実は、結末まで書いたものを劇団の演出家に読んでもらったら、さんざん腐されてボツにされちゃいまして」

けっこうなダメージを食らって、正直、自信を失《な》くしている、と本音を吐露《とろ》すると、

「だけど舞台劇と映画は違うし、まだまだ粗削《あらけず》りな段階だから、これの良さがわからない人にはわからないと思うの。だからとにかく結末まで読ませてちょうだい。あたしが、いける、と判断した場合は、とりあえず映画向きに改稿してもらう必要はあるけど、細かい弱点なり欠点なりは、そのときあたしと一緒に脚本を揉《も》めばいいんだし」

どう？　と圭太の目を見据《みす》えてきた。


四日後、図書室の仕事を終えた圭太は、同じ共有施設棟内にある集会室へ向かった。

その後、再び未菜監督がやってきて、結末まで読んで、いける、と思ったから集会室で打ち合わせをしたい、と言ってくれた。ただ集会室といったら、長テーブルをコの字に配置した定員十五人ほどの会議室のような部屋だ。なぜそんな部屋で、と思ったものの、一度は諦めた脚本家への道がまた開かれるなら、と淡《あわ》い期待を抱《いだ》いて足を運んだ。

もちろん、未菜監督と一緒に映画向けに脚本を揉んで改稿する作業もあるから、まだまだ先は長いと思う。それでも、いけると思ってもらえたからには一歩も二歩も前進したわけで、未菜監

督の指導のもとに頑張《がんば》れば、まさかの成功が待っているかもしれない。こうなったら本気で食い下がって映画の世界で羽ばたいて、おれの脚本をあっけなくボツにしやがった師岡を見返してやる。

そんなリベンジ心も湧き上がり、このまま未菜監督についていこう、と覚悟を決めて、今日の午前中、古書店を呼んで未菜監督の本をそっくり売却した。

売却金は三十万円近くになったが、未菜監督に全額渡すことにした。五パーは圭太の小遣いに、とも言われたが、四日前の帰り際、未菜監督がその理由を明かしてくれたからだ。

「実は、本の売却金はいつも若い映画人を支援する基金に託しているのよ。つぎの世代の応援もあたしの仕事だと思ってるから、機会があるたびに応援してて、あなたの脚本で撮りたいと思ったのも同じ気持ちからなの」

そうと聞いては逆に小遣いなど受け取れない。圭太の脚本を取り上げてくれただけでもありがたいのに失礼な気がした。ただ、図書室の規定に触れないよう、古書店には瀬戸崎未菜との直接売買という体《てい》にしてもらった。

こうして約束の午後六時、緊張しながら集会室のドアを開けると、四人も人がいた。

未菜監督のほか、お手伝いの節子、つるっ禿《ぱ》げ頭のシニア紳士、そしてロン毛の若者。いずれもレジデンスの関係者だそうで、どうりで集会室にしたわけだ。巨匠と差し向かいで打ち合わせすると思い込んでいただけに戸惑《とまど》っていると、当の未菜監督が説明してくれた。

「あたし、縁《えん》あって入居したレジデンスの人たちからも、もう映画は撮らないの？　ってよく聞かれるのね。だから、いつかまた撮ろうとつらつら考えてたら、たまたま圭太の脚本に出会って新たなアイディアが浮かんだわけ。どうせなら、旧知の映画のプロを集めて撮るんじゃなくて、あたしが長年培《つちか》ってきた映画作りのノウハウを後世に伝える意味でも、映画に興味があるレジデンスの関係者と一緒に撮ってみよう、って」

いわばプロ監督と素人《しろうと》スタッフがタッグを組んで撮る画期的な作品にしたい。そこで主要メンバーには脚本を採む段階から参加してもらい、議論がまとまったところで圭太に改稿してもらって撮影に入る。そんな段取りで進めたいという。

「ちなみに、お坊さん頭の渋い方は、撮影担当の居住者、倉垣《くらがき》さん。長い髪の彼は共有施設棟のレストランで働いている助監督志望の晋也《しんや》。二人とも圭太と同じ志《こころざし》を抱いている人だから、仲良くやってちょうだい」

よろしくね、と未菜監督に紹介された二人が神妙《しんみょう》な面持《おもも》ちで頭を下げた。

それをきっかけにして、節子が持参した籐《とう》製バスケットから茶道具を取りだした。この手のタイミングは心得ているらしく、部屋の隅にある給湯コーナーで湯を沸かしてお茶を淹《い》れはじめる。

「あの、動画を撮っていいでしょうか」

圭太は思いきって尋ねた。こんな斬新な企画に参加できるとわかったからには、メイキング映像を撮っておきたくなった。すると坊主頭の倉垣が、

「だったら、わしのキャメラを貸してあげよう。これでもキャメラコレクターなんで、尊敬する

御大《おんたい》のために何台か持ってきたんだが、このGoPro《ゴープロ》はどうだろう」

カメラならぬキャメラを連発しながら、鞄《かばん》から小さな四角い機種を取りだした。GoProはスポーツ撮影やテレビのロケ番組でよく使われている動画カメラだそうで、

「本格的ですね、ありがとうございます」

圭太が礼を言うと、

「ちょ、ちょっと待って、メイキングはだめ」

未菜監督に咎《とが》められた。あたしの現場は非公開、というのが巨匠のこだわりらしく、倉垣が残念そうにGoProを引っ込めたが、

「でしたらメモはどうでしょう」

圭太はたたみかけた。

「それもだめ。メモなんか取らなくても、何事も集中して取り組んでいれば自分の頭と体にしっかり刻み込まれるものなの」

余計なことを考えずに気合いを入れてちょうだい、とのっけからダメ出しされて身を引き締めていると、頃合いと察した節子が、お茶とお茶菓子を配りはじめる。

全員に行き渡ったところで、いよいよ未菜監督が本題を切りだした。

「圭太の『不条理なあなた』、みんなも読んでくれたと思うけど、一見、ありきたりな展開に思えるところに滑稽《こっけい》エンタメとして大きな伸びしろがある、とあたしは直感したのね。仮にもこれがシリアス物だったら噴飯《ふんぱん》ものだけど、きちんと読み込めば、シリアスと見せかけて随所《ずいしょ》に滑稽

エンタメらしい仕掛けが忍ばせてあるとわかるわけ。ただ問題は、滑稽エンタメとしての伸びしろはあるにしても、ちょっと設定が弱い気がするの」

そう言われて圭太は首を傾《かし》げた。何の新語か〝滑稽エンタメ〟という言葉が何度も出てきたが、この作品は滑稽でもエンタメでもない。どういうことかと訝《いぶか》っていると、

「そのへんの滑稽エンタメ感について、圭太はどう意識して書いてたのかな？」

不意に問われて言葉に詰まった。

監督は明らかに読み違えている。おれの脚本のどこがどう滑稽エンタメだというのか。困惑《こんわく》しながらも、ここはやんわり誤解を解いておかなければと、

「ていうか、エンタメ的な側面も若干は意識しなくはなかったんですけど、ただ」

言いかけた言葉を未菜監督に遮《さえぎ》られた。

「なるほどね、それとなく滑稽エンタメ感を出そうとしていたと。ただ、まだちょっと弱いのよ。五人に一人はシリアス物と勘違いしそうなくだりも多いし、そこが改稿のポイントだと思うんだけど、晋也はどう感じた？」

これまた不意に問われた晋也がロン毛を掻《か》き上げながら答えた。

「そうっすね、ぼくの印象としては、もっと破天荒《はてんこう》に踏《ふ》み込んだカオスがあっていいと思ったんすね。〝一周回ったありきたり〟を追求した展開もアイロニーに満ちたラビリンスとしては面白いんすけど、いわゆる〝ありきたり〟のアビスを覗き込んでいるようなアナーキーな刺激が足りないというか」

やたら生煮えの横文字言葉を連発する男だった。本人はアーティストめいた口を利いているつもりだろうが、その語り口こそが滑稽エンタメだ、と圭太は鼻白《はなじろ》んだ。

なのに未菜監督は、うんうんとうなずき、

「ただ一方で、ありきたりじゃない作品ばかり撮ってきたあたしからすると、ありきたりをメタファーと捉《とら》えて恥じらいもなく提示していけるって、逆に凄《すご》いことだと思うのよね」

「つまり、インテリジェンスに寄り添ったカタルシスは、あえて求めないと」

「そういうこと」

二人とも本当にわかり合えているんだろうか。酔って怒鳴り合いばかりしている演劇人の議論にもうんざりするが、これまた異次元の会話に困惑していると、

「キャメラ担当としてはどう？」

未菜監督もカメラをキャメラと呼んで、今度は倉垣に問いかける。

「そうですねえ、九十年代に一世を風靡したARIRI《アリリ》の435とか535とかで撮ったらどうだろうね。『スターウォーズ』シリーズや『フィフス・エレメント』でも使われたキャメラで、派手な色彩感《しきさいかん》を放つと同時に、手持ちで撮れる機動性にも富んでるから迫力映像に打ってつけでね。中盤の逃避行シーンなんか、いい画《え》が撮れると思うんだよねえ」

カメラ担当っぽい意見を口にして、両手の指でフレームを作って覗いてみせる。

「じゃあ435と535を使い分ける？」

「それもありだけど、535のほうがより滑稽エンタメ向きかなあ」

禿げ頭を撫《な》でつけながら考えている。

気がつけば滑稽エンタメという新語が独り歩きしている。だが、この作品は滑稽エンタメなんかじゃない。このまま議論が進んだら困るのは圭太だ。今度こそきちんと訂正しようと意を決して口を開いた。

「あの、すみません。ぼくとしては『不条理なあなた』をシリアス物として撮りたいと思ってるんですが」

未菜監督の体面を傷つけないよう慎重に軌道《きどう》修正しようとしたのだが、彼女はまた噴《ふ》き出しそうになりながら、

「さすが若い人は斬新なことを考えるわねえ。ただ、アイディアを出すのはかまわないけど、こういう席では実現性も考慮しないと話が進まないから、そこは気をつけてちょうだい」

と釘《くぎ》を刺してきた。

でも、これはそもそもシリアス物なんですから、と反論したかったが、もはやそんな空気ではなかった。このまま滑稽エンタメ路線を受け入れるしかないのか、と先行きを案じていると未菜監督は続けた。

「というわけで、あたしからもひとつアイディアを出すわね。まず主人公は、妻に見捨てられた定年退職男と夫を亡くした還暦《かんれき》女にしたらどうかと思うの。レジデンスの関係者だけで撮るからには年代も合わせたいし。で、物語の冒頭、二人は渋谷《しぶや》のスクランブル交差点で出合い頭《がしら》にぶつかって男女の人格が入れ替わる。そんな設定に変えたほうが、初《しょ》っ端《ぱな》から不条理感を加速できる

と思うわけ。しかも、この設定変更によって中盤にある〝おまえの愛は虚構そのものだった〟〝酷い、あたしはあなたの因果な劣情に巻き込まれただけの女なのよ〟っていう台詞にも、異次元の滑稽さが浮かび上がってくるのよね」

いやそれは違う、と圭太は慌てた。主人公の年齢を引き上げるのは仕方ないにしても、男女の人格が入れ替わるなんて、手垢《てあか》がつくほど使われてきたエンタメの定番設定だ。それを知ってか知らずか、画期的な発想のように提案されて絶句していると、

「あともうひとつ、タイトルに〝コメディ〟をつけない？　そのほうがわかりやすいし」

と言いだした。

耳を疑った。『コメディ不条理なあなた』ってどんな映画だ。ところが晋也ときたら、

「ああ、それはありっすね」

と賛意を口にした。倉垣もまた、なるほどねえ、とばかりにうなずいている。

圭太はただただ、うーん、と唸《うな》るほかなかった。

午後八時過ぎ、初回の打ち合わせが終わると、未菜監督に続いて倉垣と晋也も満足そうに帰っていった。

お手伝いの節子は茶道具や茶碗、菓子皿などを寄せ集めて、隅の給湯コーナーで洗っている。ころんとした小柄な体を丸めて、一個一個、丁寧《ていねい》にゆすいでいく姿を眺《なが》めながら、圭太はまだ長テーブルにいた。

せっかくシリアス映画の巨匠の目に留まるというチャンスに恵まれたのに、彼女は圭太の脚本を根底から読み違えていた。圭太渾身《こんしん》のシリアス物を滑稽エンタメだと信じて疑っていない。なぜこんなことになってしまったのか。ひょっとして彼女は未菜監督を騙《かた》った偽者《にせもの》じゃないのか。そんな疑念すら湧き上がって席を立つ気になれないでいると、

「お疲れさま、あとは私がやるから先に帰ってちょうだい」

節子に促《うなが》された。そういえば節子だけは終始淡々《たんたん》と議論を見守っていたが、どう感じていたんだろう。それが知りたくなって、

「節子さんは、いつから未菜監督を手伝われてるんですか?」

話の糸口を投げた。すると節子はふと食器を洗う手を止め、

「いつっていうか、私は五十年前から未菜監督のファンなのよ」

にっこり微笑《ほほえ》んだ。まだ節子が女子高生の頃、二十代の新進気鋭だった未菜監督の処女作に感動して以来、女子大生になっても就職してからも、ひたすら未菜監督を追いかけ続けてきたという。一時期は〝未菜組〟の撮影現場を手伝っていたこともあるそうで、いわば筋金入《すじがねい》りの未菜監督ファンなのだった。

「おかげで婚期もとっくの昔に逃《のが》しちゃったけど、いまも監督のそばにいられて本当に幸せなの」

はにかむように笑っている。

こういう熱狂的ファンって本当にいるんだ、と驚いた。それでいて一歩引いた態度で仕《つか》えてい

る節子に興味をそそられ、いよいよ圭太は聞きたかった質問をぶつけた。

「そんな節子さんに、ぜひ伺《うかが》いたいんですけど、ぼくは今回の脚本をマジでシリアス物として書いたのに、未菜監督にわかってもらえなくて困ってるんですね。これって熱狂的なファンとして、どう思います？」

いささか唐突《とうとつ》な問いかけながら、節子がどう反応するか自虐《じぎゃく》も込めて打ち明けたつもりだったが、

「あらそうだったの」

さらりと言って節子は微笑んでいる。

拍子《ひょうし》抜《ぬ》けした。未菜監督には入れ込んでいても脚本には興味がないんだろうか。やけに薄い反応に戸惑っていると、

「あんまり深刻に考えないほうがいいわよ。作品の解釈なんて人それぞれなんだし」

諭《さと》すように言い添えられた。

「でも、そもそもの創作意図を誤読されて、脚本の趣旨が捻《ね》じ曲げられているわけじゃないですか」

「それは違うわよ。圭太さんは未菜監督と一緒に脚本を揉んだ上で撮ってもらうと承諾《しょうだく》したわけでしょう。だったら彼女が自分の解釈で撮ろうとするのは当然の話で、それのどこが悪いの？」

思わぬ返しだった。ただのお手伝いさんかと思っていたら、そこは未菜監督の熱狂的なファンだからだろう、やけに理路整然としている。

「それでも作者には著作権があるわけで、これってある意味、著作権侵害に当たると思うんですよ」

圭太がムキになって反発すると、節子はほつれ髪を指先で整えながら嘆息《たんそく》した。

「著作権がどうとかって、それはすべて完成してからの話じゃないかしらね。いま圭太さんは、その若さにして一時代を築いた巨匠と映画を作れるチャンスを摑んだのよ。こんな光栄な話もないじゃない。いまから権利ばかり振りかざしてないで、もっと謙虚《けんきょ》に学ぶ姿勢を持ったほうがいいと思うわよ。それでなくてもあの人は、機嫌《きげん》を損ねたら即刻《そっこく》、放り投げちゃう人なんだし」

「いや、でも」

「ああそう。だったら脚本を引き揚げて圭太さんが撮るしかないと思う。滑稽エンタメと解釈されるのが嫌なら、もうそれしかないでしょう」

違う？　と圭太の目を睨《にら》みつける。

もはや圭太の負けだった。返す言葉もなく押し黙っていると、節子は中断していた片付けを再開し、洗い終えた茶道具類を布巾《ふきん》できれいに拭《ふ》き上げて籐製バスケットに仕舞《しま》いはじめる。

そのときだった。突如《とつじょ》、未菜監督がバタバタと集会室に戻ってきたかと思うと、節子に声をかけた。

「ねえねえちょっと！」

「どうされました？」

「ひとつ言い忘れちゃったの」

そう言いながら圭太に気づいた。

「あ、圭太も残っててよかった。あなたも節子さんと一緒にやってほしいの。レジデンスの居住者から有志を募《つの》って『コメディ 不条理なあなた製作委員会』を立ち上げて」

「は？」

意味がわからなかった。

「資金集めの拠点になる製作委員会を作ってって言ってるの。わからないことは節子さんに聞いて」

「でもぼくには改稿が」

「四の五の言わない。映画ってものには企画、脚本、資金、撮影、編集、宣伝、配給、上映と、やるべきことが山ほどあって、とりわけ大事なのが脚本と資金なの。この二つがすべてに優先するから、脚本を詰めながらどんどん資金を集めていかないと、百年経《た》っても映画なんて完成しないわけ。映画作りは何よりスピード。うかうかしてたら一年や二年すぐ経っちゃうから、脚本作りと資金集めは最優先で進めてちょうだい。それさえちゃんとやっとけば、あとは粘り強く撮影してきっちり編集するだけなの。でもぼくには改稿が、なんてほざいてないで、改稿にも資金集めにもとことん情熱を傾けなきゃだめ」

わかったわね、と頭ごなしに念押しするなり、再び集会室を飛びだしていった。

結局、また未菜監督にごり押しされてしまった。改めてネット検索して調べたところ、製作委員会とは、映画製作のために複数の企業が出資し合い、出資比率に応じて利益を配分するシステムで、テレビドラマやアニメ、舞台制作にも使われているらしい。

ただ今回は、レジデンスの居住者個々人から出資を募るそうだから、その点は一般的な製作委員会とは若干違ってくる。製作費についても、一般的な日本の商業映画の製作費は五千万円ほどらしいが、今回は製作スタッフから役者まで、すべてレジデンス居住者のボランティアで賄《まかな》うため、三千万円もあれば御《おん》の字《じ》だという。

この三千万円に圭太の脚本料が含まれているかどうかはわからない。著作権もそうだが、まだ決定稿に至っていないだけに脚本料の話も持ちだしにくい。なのに、改稿作業に加えて節子と二人で『コメディ 不条理なあなた製作委員会』の事務局を立ち上げて資金を集めるはめになってしまった。そこまでやるとなれば、とても生半可《なまはんか》な気持ちではできないだけに、一夜明けた翌朝、

「資金集めまでやるなんてやっぱ無理ですよ」

と節子に泣きついた。ところが節子は動じることなく、

「そんな深刻にならないでよ。私が事務局長になってメインで動くから大丈夫。このレジデンスには個人でもそこそこの資金を動かせる居住者が多くて、映画文化への理解度も高いから、未菜監督ほどのネームバリューがあれば一人頭百万円から二百万円として、まず二十人ぐらいの出資者は集められる。これでも長く未菜監督ファンをやってるから、アピールの仕方も心得てるしね」

余裕の答えが返ってきた。そう言われると先行きの不安が多少とも緩和《かんわ》されるが、

「ただ圭太さん、いざ撮影がはじまったら経理上の出納管理事務もあるし、突発的な資金調達が必要なときもあるのね。だから改稿作業が終わっても、そっちのサポートもお願いしたいの。その手の仕事をやると映画製作の金銭的な裏事情もリアルに体感できるから、いい経験になると思うのね。だからまずは、製作委員会への出資を募る企画趣意書を書いてちょうだい。文章書くのはお手のものだろうし」

と新たな仕事もちゃっかり追加され、改稿のほうも一週間以内に終わらせてね、と期限まで告げられた。

それにしても、節子のビジネスマンさながらの采配《さいはい》ぶりには驚かされる。ただのお手伝いさんとは思えないほどの頼もしさだ。長く未菜監督ファンをやっていると、こうした事務方のスキルも身につくんだろうか。節子の意外な一面を垣間《かいま》見た気がしたが、こうなったからには、まずは企画趣意書作りだ。書き上がり次第、節子が出資を募りはじめるというから、企画趣意書を手早く書き上げたところで、懸案《けんあん》の改稿に取りかかった。

改稿についても節子から、

「もう骨格はできてるんだから、あれこれ深刻に考えないほうがいいと思うわよ。未菜監督の意向に基《もと》づいて脚本全体を見渡しながら、ぱぱぱっと直感で直していけばいいのよ」

とアドバイスされた。

その助言に従って、女の心になった男主人公を女々《めめ》しい嫉妬《しっと》で苦しませたり、男の心になった

女主人公に暴力を振るわせたりと、あまり考え込まずに進めていくことにした。

ただ、そもそもが男女の入れ替わりなど想定しないで書き上げた物語だ。全体の辻褄《つじつま》合わせがかなり厄介《やっかい》なことになったが、それでも、男心の女主人公がとっさに男子トイレに飛び込んでしまって慌てたり、女心の男主人公が突然の朝勃《あさだ》ちに動揺したりと、この設定ならではの滑稽シーンが不思議と生まれてくる。やはり後先考えずアドリブ感覚でやればいいんだ、と妙に納得した。

おかげで当初の目論見《もくろみ》とはまるで違う滑稽シーンだらけの脚本に変貌《へんぼう》しつつあるが、もはや、そもそも論にはこだわっていられない。節子から言われたように、あとは未菜監督に判断してもらえばいい、と割り切って、図書室の退勤時間までテンポよく改稿し続け、さて、今日はそろそろ帰ろう、と立ち上がったところに再び節子事務局長がやってきた。

「企画趣意書、書けた?」

早くも催促《さいそく》された。けっこうせっかちな人なんだ、と思いながら、さっき仕上げた企画趣意書を印刷して見せた。

節子は閲覧者《えつらんしゃ》用の椅子《いす》に腰掛け、銀縁《ぎんぶち》の老眼鏡をかけて読みはじめた。この手の書類も読み慣れているのか、ほどなくして、ぱさりと書類をデスクに置いて、

「これじゃ財布は開かないわねえ」

口元を歪《ゆが》めて圭太に視線を向ける。

「いいこと、圭太さん。企画趣意書というものは、いかにもっともらしく大風呂敷《おおぶろしき》を広げるか、

なのよね。だって、まだ撮ってもいない未知の映画に、出資しよう、と思わせなきゃいけないわけでしょ。どんなに魅力的な映画で、どれほど観客の興味をそそり、どれだけ興行収入が入るのか。全身全霊を込めて説得しなきゃ、まずクライアントは財布を開いてくれないわけ」

まるでビジネマンのような物言いでダメ出しされた。

「だけど、大風呂敷なんか広げちゃって大丈夫なんですか？」

圭太は切り返した。

「もちろん大丈夫よ。映画の企画趣意書は壮大な夢物語でいいの。偉大なる巨匠、未菜監督が満を持してメガホンを握《にぎ》り、映画史に燦然《さんぜん》と輝く未曾有《みぞう》の大傑作が生まれる！　とかなんとか、書き手の想像力を最大限に膨《ふく》らませて一世一代の大風呂敷を広げるわけ。だから企画趣意書には、脚本にも増して筆力が求められる、って言われてるほどなのね」

それでなくても今回の作品は、未菜監督の映画人生において唯一《ゆいいつ》、製作スタッフから役者までレジデンスの映画ファンの力を結集して作り上げる異色作だ。未菜監督の個人史を彷彿《ほうふつ》とさせる類を見ない滑稽エンタメの大傑作が、映画史を塗り替えること間違いなし！　と誇大に煽《あお》り立てるほどに財布の紐《ひも》もゆるくなるという。

「ただ、今回の映画って〝未菜監督の個人史を彷彿とさせる〟んでしたっけ」

ひとつ気になった。

「野暮《やぼ》なこと言わないの。興味をそそりそうなら何を言ってもかまわないの。たとえば、そうだ、この際、出資したら出演できる特典もつけちゃおうか。出資金額に応じて出演時間も長くなる条件にすれば、ますます出資欲を掻き立てられるし」

ね、と口角を上げてみせる。

この人は間違いなくビジネスマンだ。未菜監督の熱狂的ファンとして長く映画ビジネスの世界に触れていると、映画プロデューサーのごとき感覚が培われるんだろうか。

節子の意外な一面にあっけにとられていると、

「じゃ、これは明日の午前中までに書き直して送ってちょうだい。こうなったらセレブ人脈を駆使して一気に資金を集めて撮影に入りたいから、改稿のほうもよろしくね」

そう言い置いて節子が帰ろうとしたそのとき、圭太の携帯が鳴った。

「あ、未菜監督、お疲れさまです」

すぐに応答すると、節子がふと立ち止まって聞き耳を立てている。

「え、また設定の追加ですか？　いや、それはちょっと」

再度の無茶ぶりに反発しかけた直後に、ぷつりと電話を切られた。つべこべ言わずに直しなさい、と言わんばかりの態度に圭太は舌打ちした。

「どうしたの？」

耳をそばだてていた節子が聞く。

「未菜監督が、あと二つ設定を追加しろって言うんですよ。男主人公は実は過去からタイムスリップしてきた人物で、女主人公は逃避行の途中で不治の病に侵《おか》されていると気づいて苦悩するんだそうです。もう滅茶苦茶《めちゃくちゃ》っすよ」

〝男女の入れ替わり〟を反映させるだけでも厄介なのに、さらなるエンタメ映画の定番設定〝タイムスリップ〟と〝不治の病〟も入れ込めとは、

「あの人、頭おかしいっすよ」

たまらず悪態をつくと、節子にたしなめられた。

「圭太さん、巨匠というのは無茶を言うのが仕事なの。昔の巨匠なんか、主役の後ろに立ってるビルが邪魔だから退《ど》かせ、なんてことも平気で言ってたし」

「それとこれとは別の話っすよ。あの巨匠はシリアス物ばっか撮ってきたから、エンタメのことなんて何も知らないんすよ。〝男女入れ替え〟や〝タイムスリップ〟が定番設定ってことぐらい中学生だって知ってんのに」

冗談じゃない、とまた舌打ちすると、

「そうカリカリしないで。彼女だってエンタメの方程式ぐらい理解してるわよ。だからこそあえて、あれこれ定番設定を詰め込んで新たな滑稽効果を生みだそうとしてるんだと思うの」

ここは未菜監督を信じて改稿してちょうだい、と念押しされた。


ひと晩かけて、いつになく気合いを入れて書き直した企画趣意書を、翌朝一番、節子にメール送稿した。

思いのほか時間がかかってしまったが、節子から言われた通り、これでもかと大風呂敷を広げて書いただけに、今回はあっけなくオーケーが出た。

まずは一件落着といったところだったが、問題は改稿だ。追加の定番設定をどう反映させたものか、考えはじめたらきりがないが、これまた節子の助言を念頭に、ぱぱぱっとアドリブ感覚で直していくしかない。そう割り切って図書室のパソコンに向かい、怒濤《どとう》の勢いでキーを打っていると、

「ちょっといいかな」

声をかけられた。

え、と顔を上げると、コック帽にコックコート姿の男がいた。一瞬、だれかわからなかったが、集会室で会った晋也だった。そういえば共有施設棟のレストランでバイトしていると言っていたが、長い髪は束ねてコック帽の中に押し込めているらしく、

「ひょっとして改稿してんのか？」

とパソコン画面を覗き込んできた。

「まあ仕事そっちのけで頑張ってるよ」

圭太は肩をすくめた。

「けど、まともに直せんのか？　また設定が追加されたんだろ？」

確認するように問われた。何で知ってるんだろう。不思議に思っていると、昨日の夕方、厨《ちゅう》房《ぼう》で調理をしているときに未菜監督が電話してきたのだという。

「何かと思ったら、さらに二つ設定を追加するって言われたもんだから、電話越しに反対したら、怒った未菜監督が厨房に乗り込んできて激論になっちまってさ」

集会室で議論したときは、男女入れ替え話が出ても、さすが巨匠、ベタでありきたりなエンタメ設定を見事に揶揄してる、と勘違いしていたという。ところが、ここにきてさらに二つも設定を追加すると言われて、さすがに晋也も気づいたそうで、

「要は、未菜監督はベタな設定をイジってたんじゃなくて、ガチで斬新なアイディアだと思い込んでやってたんだよな。そうと気づいたら黙ってらんなくなって論破したら、素人はお黙り！って切れちまった」

あとはもうディナー前の忙しい厨房で怒鳴り合いになってしまい、見かねた料理長が仲裁《ちゆうさい》に入ってきて収まったものの、意地になった未菜監督は圭太に電話を入れて二つの設定追加を捻じ込んだ。そんな流れだったらしく、

「結局、あの監督は、〝シリアスを極めし者は、すべてを極む〟って思い込んでる大ボケ婆さんだったわけよ。『コメディ 不条理なあなた』なんて間抜けなタイトルにしても、最初はシリアスの巨匠がエンタメ界に投げかけたアイロニーだと思ってたんだけど、それもガチだった。早い話があの監督、頭のネジが何本も外れちまってんだ」

ヤベぇババアだぜ、と吐き捨てる。アイロニーとは皮肉、逆説といった意味だが、集会室では露骨《ろこつ》なまでに巨匠に擦《す》り寄っていた晋也が、見事なまでの手のひら返し。これまたアイロニーそのもので、こうなったらおれも未菜監督に盾突《たてつ》いて改稿なんか放りだしちまうか。圭太もまた嫌気が差していると、

「そんなこんなで、おれ、さっきレストランをクビになった」

晋也が自虐全開で笑ってコック帽を脱ぎ捨て、束ねていた長い髪をわさわさっと広げた。多忙なディナー前の厨房で居住者といざこざを起こすなど言語道断《ごんごどうだん》、とレストランの支配人からクビを言い渡されたのだという。

「それで思い出したんだけど、おれ、バイトに入り立ての頃、レストランの客からクレームつけられたことがあったんだよな。あたしが大嫌いなパセリをわざわざ添えてきた、って。そんな細かいこと大箱レストランの新人バイトが知るかよ、って呆《あき》れちまったんだけど、いま思うとあのクレーマー、未菜監督だったんだよな。ったくセレブ女って、何でみんな女王様キャラになっちまうんだろうな」

もううんざりだぜ、と毒づくなり、

「圭太もくだらねえ改稿なんかしてねえで、あんな婆さん、さっさと見切りをつけて退散したほうが身のためだぜ」

と捨て台詞を吐いて図書室を出ていった。

再び一人きりになった圭太は両手を頭の後ろで組み、椅子の背にもたれかかった。

おれはどうしたらいいんだろう。

ぼんやりと天井を見つめながら、これからの自分に思いをめぐらせた。振り返れば、劇団失格の師岡に罵倒《ばとう》されたあの日から、まだ二週間も経っていない。怒濤の展開に振り回されてきたせいか、やけに長く感じていたが、このまま流されていっていいんだろうか。

未菜監督の意向通りハチャメチャな物語に改稿して、セレブ居住者たちに大風呂敷を広げて製作資金を掻き集め、素人尽くしで撮影する。それで本当におれのためになるんだろうか。そんなおれを世の人たちは、いっぱしの脚本家と認めてくれるんだろうか。

否《いな》だ。いま垣間見える明日の自分は、晋也と同じように未菜監督とぶつかり、図書室のバイトをあっさりクビになって路頭に迷う姿でしかない。

だったらおれはどうしたらいいのか。

圭太はふと椅子の背から起き上がり、パソコンに保管されている図書室の貸出返却データを検索しはじめた。

その個人データは、すぐ見つかった。今回、未菜監督作品のカメラマンを担当する倉垣は居住棟の二四一五号室に住んでいる。分譲価格は二億円を下らなかったと言われる最上階の一室だから、ああ見えて超富裕層といっていい。

寄贈本の記録を見ても、圭太がバイトに入る何年も前からヴィンテージカメラの専門書や専門誌を大量に持ち込んでいるから、並のカメラコレクターではないと窺《うかが》い知れる。

やはり倉垣とも話してみるべきかもしれない。圭太はデスクの受話器を手にして、倉垣の個人データに記された内線番号に思いきって電話した。

最上階の広々とした玄関に入った途端、ここは博物館か、と目を瞠《みは》った。

八畳はあろうかという広い玄関の壁一面に設《しつら》えられたガラス張りの棚には、黒光りするヴィンテージカメラ、いやキャメラがびっしり陳列されている。玄関口から続く廊下の壁にも陳列棚が連なり、微《かす》かな黴臭《かびくさ》さが漂っているが、その匂いもまた倉垣には芳香剤みたいなものなのだろう。

「これって何台あるんですか?」

「さあ、最近は数えてないから正確にはわからんが、スチールとムービーを合わせれば、トランクルームに預けてあるのも含めて二万台近くあるんじゃないかなあ」

相場金額に換算したら億単位の価値があるはずだというから、生半可なコレクターとはスケールが違う。

ここにシニア妻と二人暮らしだというから、これがセレブ中のセレブというやつか、と羨《うらや》ましさより先に居心地《いごこち》の悪さを覚えてしまうが、ひとしきり自慢話に付き合わされたところで応接間に通された。

ここにも海外製のLeica《ライカ》、ZEISS IKON《ツァイスイコン》、日本製のNikon《ニコン》、MINOLTA《ミノルタ》といった名立たるヴィンテージカメラが陳列されていたが、再び自慢話になる前に圭太は尋ねた。

「実はいま、先日の打ち合わせに基づいて脚本を改稿してるんですが、率直《そっちょく》なところ、倉垣さんは今回の未菜監督作品について、どうお考えなのか伺いたいと思いまして」

まずは軽く探りを入れてみると、倉垣は皺《しわ》の寄った頰《ほお》を撫でつけながら苦笑いした。

「いやあ、わしは脚本のことはよくわからんのだが、それよりも実は、今回の映画には参加できなくなっちゃってねえ」

「え、そうなんですか?」

「集会室で話したキャメラのことは覚えているかな。わしが所有しとるARIRIの535。あれがいまになって、途轍《とてつ》もないレア物だとわかってね。以前入手したときから、ふつうの535とは若干仕様が違う気がしてたんだが、今回の撮影に備えて改めて鑑定家に調べてもらったら、世界に三台しかない試作機のひとつだったらしくて」

「それが何か問題でも？」

「問題というか、その鑑定家から、ロンドンのオークションに出品しないかって話が舞い込んできたもんだから、映画の撮影どころじゃなくなっちゃってね」

試作機の落札予想価格は数千万円は堅《かた》いと事前査定されたそうで、そろそろ終活も兼ねて手放すことにして、週明け早々、ロンドンに飛ぶことにしたという。

「つまり、もう映画撮影どころじゃないと」

「いや申し訳ない。早く未菜監督に伝えんといかんと思っとったんだが、代わりのキャメラとキャメラマンを見つけてからでないと悪い気がしてねえ」

すでに未菜監督は、キャメラ担当は倉垣と決めて事を進めてるだろうから切りだしにくくて、と頭を掻いている。

「でしたら、撮影後のオークションに出品したらいいんじゃないですか？　世界の未菜監督作品を撮った試作機として出品すれば、さらに箔《はく》がつくでしょうし」

ここは未菜監督サイドに立って提案した。

「いやいや、こう言っちまうと申し訳ないんだが、いまどき未菜監督作品では箔がつかんのだよ」

オークションは出品時期によって落札価格が大きく変わる。映画撮影が終わってからの出品だとタイミングを逸《いっ》してしまうから、逆に損なのだという。

「つまり未菜監督は世界じゃ通用しないってことですか？」

「まあはっきり言えばそういうことだ。きみは知らんかもしれんが、もう八年ほど前のことになるかな。総製作費二十億円を注《つ》ぎ込んで彼女が撮った日中合作映画が大コケしたんだよ。興行成績は一億円以下で、おまけにフランスの著名な映画評論家から世紀の駄作と烙印《らくいん》を押されたもんだから、彼女のカリスマ性は一気に大暴落しちまってね」

以来、映画界から無視され続けているそうで、早い話が未菜監督は、賞味期限どころか消費期限も切れた状況にあるらしい。

「本人もそれを自覚してるからこそ、今回はレジデンスの素人を集めて畑違いのエンタメ異色作を撮ろうと思い立ったんだろうな。だが、シリアスでコケた人間が素人尽くしのエンタメにすがったところで悪あがきとしか見なされないし、とてもじゃないがオークションの付加価値にはならんのだよ」

あっさり斬《き》って捨てる。集会室では〝尊敬する御大〟と持ち上げていた倉垣もまた手のひら返しもいいところだったが、これが世の非情というものなのだろう。

「だからまあ未菜監督にはすまないが、ひょっとしたら、代わりのキャメラマンとキャメラが見つからないまま渡英することになるかもしれん」

いや本当に申し訳ない、と肩をすくめてみせる。

セレブと呼ばれる人たちは、外面《そとづら》はよくとも本質的には冷酷《れいこく》だ。だからこそ世のしがらみを掻《か》い潜《くぐ》って上り詰められたのだろうが、いまや倉垣の眼中に未菜監督作品など微塵《みじん》もないらしく、

「まあ圭太くんも、あんまりのめり込みすぎずに、ちょっとした人生経験だと思って気楽に流してやったほうがいいかもしれんな」

最後は他人事《ひとごと》のようにアドバイスして、禿げ上がった頭をつるりと撫でつけ、はっはっはと声を上げて笑った。

おれは何のために改稿してるんだろう。

今日も図書室のパソコンを立ち上げながら、ふっとため息が漏れた。未菜監督の気まぐれとしか思えない出鱈目《でたらめ》な設定追加を反映させるために、その後もパソコンに向かって原稿と格闘しているのだが、気がつけばもう四日も経っている。

その間、晋也は助監督を投げだしてしまったし、倉垣もカメラマンを放棄して、いま頃はロンドンの街を闊歩《かつぽ》しているはずだ。なのに晋也も倉垣も、まだ未菜監督に辞意を伝えていないのか、彼女からは何の音沙汰もない。圭太が伝えようとも思ったが、わざわざ騒ぎ立ててゴタゴタを巻き起こすのも、それはそれで面倒臭い。

では、どうしたらいいのか。この四日間、改稿の合間にいろいろ考えてきたのだが、あと二日も頑張れば改稿に目途《めど》がつく。とりあえず約束通り改稿し終えたところで、おれもすっと身を引

いたほうが正解なのかもしれない。

未菜監督はいまも役者候補の居住者や大道具や衣装のスタッフを探しているだろうし、節子もまた製作委員会の事務局長として資金集めに奔走《ほんそう》しているに違いない。そんな二人には申し訳なく思うものの、これ以上彼女たちに付き合ったところで圭太自身が疲弊《ひへい》するだけだ。

となれば、物語の辻褄が多少合わなかろうと一刻も早く改稿し終えなければならない。ご希望の設定はすべて追加しました、あとは煮るなり焼くなりしてください、と第二稿を巨匠に託して著作権を放棄してしまえば後腐れもない。

うん、そうしよう。もうそれしかない、と開き直って、最後の気力を振り絞って改稿に励んでいると、

「おはよう」

四日ぶりに節子が図書室にやってきた。いつもの割烹着姿で、その手には大きなトートバッグを提《さ》げている。

「あ、おはようございます」

すでに著作権放棄を決意した後ろめたさもあって、どぎまぎしながら挨拶《あいさつ》を返すと、すかさず節子に問われた。

「いつ仕上がるの？」

「えっと、二日後には」

「明日中に仕上げてちょうだい」

思ったより早く資金が集まったから事を先に進めたいという。

「もう三千万円集まったんですか？」

圭太は目を見開いた。いくらセレブばかりのレジデンスとはいえ、わずか四日で三千万円も集まるとは。

「未菜監督の威光をもってすれば軽いものよ。いまどきはネットを使ったクラウドなんとかで資金調達してる製作委員会も多いみたいだけど、ここの居住者は話が早いの」

実際、節子が培ったセレブ人脈にひと声かけたら続々と現金が集まってきたという。

「マジですか」

「そんなに驚かないでちょうだい。だって一人頭百万円程度だったら、お小遣いの範囲じゃない。気前のいい奥様なんか、即座に二百万円出資してくれたし」

「信じられないっす」

図書室のバイトをはじめて以来、セレブたちの生態は目の当《ま》たり《あ》にしてきたから、海外ブランドのバッグや高級時計、宝飾品は見慣れている。地下駐車場に行けば、夫用のメルセデス、妻用のシトロエン、別荘訪問用のレンジローバーなど、一家に三台の輸入車ぐらい当たり前の人たちだと体感しているから、百万円ぐらいは小遣いという感覚もわからなくはない。

それでも、倉垣があれだけ腐していた未菜監督だ。その神通力《じんずうりき》が、まだセレブ居住者たちに通用している事実に戸惑っていると、そんな内心を読まれたのかもしれない。節子がふと周囲を見回し、ほかに来室客がいないことを確認してから、大きなトートバッグの口を開けて右手を突っ込んだ。

取りだしたのは分厚いレンガブロックのような紙包みだった。それを三個、タンッ、タンッ、タンッとデスクに並べ置き、

「これで三千万円」

事もなげに言った。厚さ十センチほどのブロック一個が一千万円の札束だそうで、いざ現物を目の前に置かれると不思議な迫力がある。思わず息を呑《の》んでいる圭太をよそに、節子は再び札束をトートバッグにぽんぽんと無造作《むぞうさ》に投げ入れ、

「そんなわけなんで、明日中には改稿した脚本、ちょうだいね」

楽しみにしてる、と言い残して図書室から引き揚げていった。

しばらく圭太は改稿に手がつかなかった。三千万円を目の当たりにした衝撃は、それほど大きかった。一介のお手伝いさんだと思っていた節子が事務局長になった途端、ビジネスマンさながらの口を利きはじめたときもそうだったが、これほどの集金力を見せつけられると、セレブという言葉の裏に隠された異次元の世界に触れた気がする。

それに引き換え、おれはいつまでもこんな日々を過ごしていていいんだろうか。売れない脚本に執着したばかりに魔界に追い込まれてしまった自分に急に嫌気が差して、圭太はデスクに〝休憩中〟の札を立てるなり席を立った。

共有施設棟内のレストランへ行こうと思った。ここ最近はコンビニで買ったおにぎりを改稿の傍らデスクで食べているのだが、ざわついた気持ちを食欲で紛《まぎ》らわせたくなった。

久しぶりに訪れたレストランは居住者で賑《にぎ》わっていた。昼間からビールやワインを片手に〝牛頬肉の赤ワイン煮〟やら〝産直鮮魚の特撰《とくせん》握り〟やらを口にしているセレブたちを横目に、〝特撰ロースカツ御膳〟を注文した。いまにおれだって伸し上がってやる、と自棄《やけ》になって奮発したのだが、それでいて〝特撰松阪牛《まつさかうし》ステーキ御膳〟には手が出せなかった自分が逆に情けなくなる。

料理を待つ間、そういえば、とテーブルを立って、それとなく厨房を覗いてみた。

「どうされました？　お客様」

コックコート姿の若い料理人に声をかけられた。

「あの、バイトの晋也さんは？」

助監督を放棄した彼のその後が気になって聞いたのだが、さあ、と首を傾げられた。それはそうだ。この料理人も圭太と同じ時給千円そこそこのバイトに違いなく、セレブに盾突いてクビになった同僚の行方など知るわけがない。

お邪魔しました、とテーブルに戻ってくると、そのとき、パープルヘアのシニア婦人が店内に入ってくるのが見えた。え、と反射的に身をすくめてよく見ると別人だった。

ほっとしながらも、そういえば未菜監督はどうしているだろう、と思った。あの無茶ぶり電話以来、会っていないが、その後どうしているんだろう。三千万円調達できたことは節子から聞いて知っているはずだから、キャスティングやらロケハンやらに毎日精力的に飛び回っているんだろうか。

〝あんな婆さん、さっさと見切りをつけて退散したほうが身のためだぜ〟

晋也の言葉がよみがえった。

その通りだと思った。結局のところ今回の映画は、巨匠が満を持して世に問う作品などではなく、老後を持て余したセレブたちのお大尽《だいじん》遊びなのだ。そんな暇つぶしに付き合ったところで、おれの人生には何の恩恵ももたらされない。ひと区切りつけるまでは、と今日まで改稿し続けてきたが、いまが潮時じゃないのか。

晋也の忠告通り、改稿の残りを書き飛ばしたら、おれも映画製作とは縁を切ろう。脚本家の夢などきっぱり諦めて別の人生に踏みだそう、と改めて自分を鼓舞《こぶ》していると、

「お待たせしました」

特撰ロースカツ御膳が運ばれてきた。


久々のご馳走《ちそう》で腹を満たした翌朝の九時。いつものように図書室をオープンし、さっさと改稿を終わらせて節子に送稿しちまおう、とパソコンを立ち上げた直後に電話がかかってきた。

節子からだった。要件はもう察しがつく。昨日の今日で朝イチからせっついてこようとは思わなかった。せめて昼まで待てないのか、と苛《いら》つきながら応答するなり、

「そこに未菜監督、いる？」

唐突に問われた。

「いいえ、監督とはしばらく会ってませんけど、お宅にいないんですか？」

「いないのよ。いなくなっちゃったのよ」

「いなくなった？　どこかにお出掛けとかじゃなくて？」

「とにかく姿を消しちゃったの。圭太さん、ちょっとうちに来てくれる？」

居住棟の部屋番号を告げられた。

どういうことだろう。ようやく改稿の目途がついて第二稿を渡す間際になって、未菜監督が姿を消すなんてことがあるんだろうか。

仕方なく居住棟のエレベーターに乗って、未菜監督が暮らす一八〇二号室へ向かった。倉垣のように最上階ではなかったものの、いざ上がってみると想像通り高層階のメイド部屋付きの角部屋だった。これまた倉垣に劣《おと》らぬ高額物件だったに違いないが、すぐにドアを開けてくれた節子に促されて玄関に入ると、

「まだ見つからないのよ。今日の朝方、ちっとも部屋から出てこないから呼びに行ったら姿を消しちゃってて」

節子が眉根《まゆね》を寄せて唇を噛んだ。家財道具は残されているものの、身の回り品と貴重品はそっくりなくなっていて、携帯電話も通じないという。

これには驚いて心当たりに電話やメールをしてみたものの行方不明のままだそうで、ほら、見てちょうだい、となぜか玄関脇のメイド部屋を開けてみせる。そこは山積みされた本とベッドが置かれているだけのこぢんまりした洋間で、天井一面に未菜監督作品の古びたポスターがびっしり貼ってある。

「あの、ここって未菜監督の部屋なんですか？」

戸惑いながら聞いた。

「そうよ、五年前に転がり込んできてから、ずっと彼女の部屋」

「マジですか」

仰天《ぎょうてん》した。最初に会ったときから節子はメイド部屋暮らしのお手伝いさんだと思い込んでいたから確認もしないでいたのだが、この家の主《あるじ》は節子で未菜監督は居候《いそうろう》だという。

「あら知らなかった？」

「知らないですよ。最初に図書室に来たとき、節子さんが台車で本を運んできたでしょう。だから、てっきりお手伝いさんかと」

恐縮しながらそう答えると、

「まあ彼女のほうが偉そうだしね」

節子はふふっと笑い、ああ見えて彼女も苦労してきたのよ、と未菜監督の過去をさらりと語ってくれた。

倉垣も言っていたが、未菜監督は八年前、日中合作の文芸大作で大失敗した。それがきっかけで二年後には彼女が経営していた製作会社、瀬戸崎プロダクションが巨額の負債を抱えて倒産。社長を務めていた彼女の邸宅や財産も借金のカタに取られ、一夜にして居場所がなくなってしまった。

「そんな未菜監督の姿を見たら、長年のファンとしては放っておけないでしょう。だから、うち

たし」
「私はどうにでもなるの。若い頃から未菜監督ファンだったおかげで、けっこう稼《かせ》がせてもらっ
「だけど、それだと節子さんだって大変でしょう」
の狭い部屋でよければどうぞ、衣食住の心配もないですから、って声をかけたの」

当初は単なるファンの一人だったが、好きが昂《こう》じてエキストラに応募して未菜監督の撮影現場にも熱心に通うようになったら、やがて現場のスタッフたちが一目《いちもく》置いてくれるようになった。ほどなくして親しくなったメイクさんと一緒に、有名女優が愛用しているメイク道具を遊び感覚でアレンジして売りだしたところ、それが思わぬ大ヒットになった。そして気がついたときには、独り身ながらも人生を二度やっても悠々自適《ゆうゆうじてき》で暮らせるほどの資産が築けていたという。

「だから正直、未菜監督の面倒ぐらいは余裕で見られるんだけど、ただ、それが彼女のプライドを傷つけちゃったみたいでね。ここにきてまた映画界に復帰したくなったらしくて、もう物には執着したくないから、って長年の愛蔵書を古書店に売り飛ばして復帰資金を貯めはじめたわけ。そんな彼女を見てたら不憫《ふびん》になっちゃって、だったら私も陰《かげ》ながら応援しようって決めて、あのときも愛蔵書を台車で運んであげたんだけど、そっか、それで私がお手伝いさんに見えたんだ」

節子は複雑な表情で笑った。

「でも、こうなると映画製作はどうなっちゃうんですか？」

「まあ、このまま彼女が戻ってこなければ、もう映画は無理だわね。資金もゼロになっちゃったし」

「資金が？」

　未菜監督が姿を消したと気づいたとき、節子の寝室に置いていた製作費三千万円が気にかかって念のため確認したら、そっくりなくなっていたという。

「え、それってもしかして」

　とっさに言いかけて圭太は慌てて口をつぐんだ。未菜監督が持ち逃げしたんじゃないのか。そうでなければ彼女が唐突に姿を消す理由が思い当たらない、と言いたかったのだが、

「あたしもその可能性は高いと思う」

　節子が俯《うつむ》いた。

「それはまずいっすよ、せっかく居住者の人たちが出資してくれたお金なのに」

　思わず気色《けしき》ばんだ圭太の脳裏《のうり》に、あらぬ憶測が浮かんだ。

　そもそも未菜監督は持ち逃げを前提に、映画製作をぶち上げて資金を集めたんじゃないのか。まさか、と思いたい気持ちもなくはないが、人間、追い詰められたら何をしでかすかわからない。この際、思いきって節子にも圭太の考えを伝えると、

「それはあたしには何とも言えないけど、でも、どっちにしても居住者には迷惑かけてないから大丈夫」

　わけのわからないことを言いだした。

「それは違うでしょう。巨匠を信じて出資したのに持ち逃げなんて、迷惑どころか犯罪ですよ！」

義憤《ぎふん》に駆られて声を荒らげた途端、節子は天を仰《あお》いだ。そのままじっと何事か考えていたかと思うと、ふと我に返ったように圭太に向き直った。

「ごめんなさいね、怒らせちゃって。でも、本当に居住者に迷惑はかけてないのよ。だって、あのお金は全部、私のものだから」

「は？」

「映画の製作資金、ほんとは全然、集まらなかったの。でも未菜監督に恥をかかせたくなかったから、私が三千万円用意した」

「マジっすか」

愕然《がくぜん》とした。節子がそこまで面倒を見ていたとは想像を絶するファン心理だが、それに対する未菜監督の裏切り行為は悪辣《あくらつ》非道《ひどう》としか言いようがない。

未菜監督に出会った当初、圭太は彼女を怪しんでこっそり会話を録音したものだが、あのときの直感は正しかったのだ。

「だったら節子さん、なおさら怒んなきゃだめですよ！　あんまりな仕打ちじゃないっすか！」

たまらず怒りをぶつけると、

「そんなに興奮しないでちょうだい。未菜監督のためなら私のお金なんかどうでもいいし、きっとよっぽどのことがあったのよ」

「何言ってるんすか、節子さんは恩を仇《あだ》で返されたんすよ」

「だからとにかく、そんなんじゃないの。彼女は持ち逃げするような人じゃないし、そうだ、思い出した、私が貸したのよ。私が彼女にお金を貸しただけ」

「庇《かば》ってどうするんすか、これはもう警察沙汰にすべき事態なんすから」

いくら熱狂的なファンにしてもほどがある。節子さんが通報しないならぼくがします、と携帯を取りだした。

「やめてちょうだい！　これはほんとに犯罪じゃないの！　お金は私が貸しただけだから彼女は何も悪くないの！」

突如、節子は涙声になって、ぽろぽろ涙をこぼしはじめた。

圭太は茫然《ぼうぜん》としていた。もはや節子は未菜監督を庇うと心に決めてしまったらしく、お金は貸しただけ、と言い張り続ける。

「節子さん」

ぽつりと呟《つぶや》いて圭太は携帯を引っ込めた。こうなると圭太としても返す言葉がなかった。これ以上、事を荒立てたら節子が何をしでかすかわからない。

そんな圭太の心の内が伝わったのか、しばらく啜《すす》り上げていた節子が手の甲で涙を拭《ぬぐ》ったかと思うと、掠《かす》れた声で語りはじめた。

「彼女は可哀想《かわいそう》な人なの。幼い頃に事故で両親を亡くして親戚の家で育てられながら、あたしは女一人でたくましく生きてやる、って決意して、中学を卒業してすぐ映画の現場に飛び込んで監督を目指した人なの。映画界は昔から男社会だったから、女だてらにって馬鹿にされながら、その怨念《おんねん》を底辺で蠢《うごめ》く男女の愛憎劇《あいぞうげき》にぶつけて伸し上がっていったわけ。そんな彼女の成り上がりっぷりを周囲の男たちは妬《ねた》んで、映画界の独裁者だの、スタッフいじめのバイオレンス監督だの、彼女の悪口を言いたい放題だった。それでも、私たちファンにとって彼女は一筋の光だったのね。学歴もお金も何もない一介の小娘が伸し上がっていく姿に憧《あこが》れ続けて、気がついたら私もそうなれていた。だから今回私が、もう一度彼女に映画を撮らせてあげたかったのは、あの頃のキラキラ輝く彼女に戻ってほしかったからなの。かつての映画界とは一線を画した現場で、彼女の苦悩など知らない素人だけを集めて、のびのび撮らせてあげたかったの」

そのきっかけになったのが、未菜監督がふと手にした圭太の脚本だった。

「いまだから正直に言うけど、私も初めて読んだときはシリアス物としては噴飯ものだと思った。なのに、なぜか彼女はその脚本を滑稽エンタメと解釈して、ぜひ撮りたいって言いだした。逆境から伸し上がるために重厚なシリアス物ばかり撮ってきた彼女は、実は一度でいいから大衆が大喜びするエンタメ映画を作って大ヒットさせたい、って密かに夢見てたのね。でも、それは映画界が許してくれなかった。だから彼女としては今回、素人だけで撮った滑稽エンタメで勝負して映画界に復帰してやる、って気合いを入れてたのに、気がついたら助監督もカメラマンも瞬《また》く間に離れて、こんな結果になっちゃって」

すでに倉垣と晋也の離脱は知っているそうで、その痛手が大きかったに違いない、と節子は言う。

「いや、それはどうですかね。そんなことは何とでも言えるじゃないですか。結局、彼女は映画作りを餌《えさ》に節子さんに金を集めさせて持ち逃げしようと企《たくら》んでいただけで、端《はな》っから撮る気なんてなかったんすよ」

圭太が断じると、節子は再び感情を昂《たかぶ》らせ、

「違うのよ！　未菜監督は本気で映画を撮って映画界に復帰したかったのよ！　だから私は」

そこで絶句すると、またこみ上げてきた涙を堪《こら》えている。そんな節子にほだされながらも、圭太は思いきって尋ねた。

「だったら聞きますけど、節子さんは、ぼくの脚本が本当に大衆が大喜びするエンタメ性を備えていると思ってたんですか？　そうでなきゃ、いまの話は矛盾《むじゅん》してますよね」

「そう言われても、それは未菜監督の感性が判断したことだから私には何とも言えないの。でも少なくとも私は、彼女の心にもう一度、映画作りの情熱がよみがえったと信じていたし、それがファンとしての喜びだったの。だから圭太さんには申し訳ないけど、仮に滑稽エンタメでしくじったとしても、彼女が撮影現場に立ってる姿さえ見られれば、それだけで幸せだったの。どうせ私には一人じゃ使いきれないほどのお金があるんだし」

そう言われてしまうと何も言えなくなる。それがファン心理というものだとするならば、傍《はた》から咎める権利はないが、

「不可思議なものですね、ファンって」

アイロニーも込めて圭太が漏らすと、節子は恥ずかしそうに小さくうなずき、

「そうね、おかしなものよね。でも、それが私の生き方になっちゃったんだから、しょうがない

じゃない。それがファンっていうものだし、これはもう理屈じゃないの」

自分自身に言い聞かせるように呟いた。

世の中には、だめな男に痛めつけられても痛めつけられても、離れられずに貢《みつ》ぎ続ける女性がいる。それとどこか似ている気がして切なくなったが、当の未菜監督は、いま頃どこでどうしているんだろう。〝節子から借りた三千万円〟を元手に、またどこかのだれかを巻き込んで巨匠ぶったりしてるんだろうか。

そんな巨匠とファンに翻弄《ほんろう》された圭太としては、もはや節子を諫《いさ》める気力すら失くしてしまったが、

「いずれにしても、今日の昼までに改稿を終えて第二稿を節子さんに送ります。そして、それをもってぼくも、今回の映画から身を引かせてもらいます」

最後にそれだけ告げて、圭太は節子の自宅を後にした。


もやし炒《いた》めばかり食べ続けて三週間になる。

ささやかな貯えを切り崩しながらの毎日だから仕方ないのだが、でも、これは未菜監督と節子のせいではない。

図書室の仕事をないがしろにして書き物ばかりしている圭太に気づいた居住者が、レジデンスの管理組合にクレームを寄せた結果、退職を余儀なくされたのだ。早い話が、あっけなく無職の身になってしまったわけだが、当面は、もやし生活を続けるつもりでいる。

ネットオークションで買った格安のノートパソコンで執筆している作品を書き終えるまでは働かない、と決めたからだ。といっても、脚本ではない。映画騒動の幕切れとともに脚本家の道はきっぱり諦め、いまは小説を書いている。

そのきっかけを与えてくれたのは、奇《く》しくも未菜監督だった。

〝メモなんか取らなくても、何事も集中して取り組んでいれば自分の頭と体にしっかり刻み込まれるものなの〟

あの集会室での打ち合わせで告げられた言葉通り、未菜監督と節子に翻弄されながらも圭太はいつになく集中していたのだろう。いまも脳裏にしっかり刻み込まれている映画騒動の一部始終を、ノンフィクション小説というかたちで書き残しておきたくなったのだ。

巨匠と呼ばれた女流監督の哀《かな》しい老後を浮き彫りにすると同時に、未菜監督と節子の不可思議な関係をどう描きだすか。初めての小説だけに脚本とはまた違う難しさに四苦八苦しているが、ただ、基本的にチームプレイの脚本と違って小説は個人プレイだ。そのほうがおれの性《しょう》に合っている、と気づいてからは、難しさを楽しみながら日々集中して書き続けている。

いつ書き上がるか、その目途はまったく立っていないが、行き詰まったときは、あのときこっそり携帯に録音した未菜監督の肉声を聴くようにしている。あなたの脚本を結末まで読みたい、と初めて迫られたあの日の会話を聴き返していると、不思議なことにその後の騒動のディテールがふっと舞い降りてきて、再び筆が走りだすからだ。

こうして、いつの日か脱稿できたら、神保町《じんぼうちょう》あたりの出版社に持ち込もうと思っている。万が一でも奇特な編集者に拾ってもらえたら、不可思議な二人の生態を世の人々に広く知ってもらえる、と密かに期待しているのだが、果たしてどうなることか。

これればかりは神のみぞ知ることと腹を据えて、今日も原稿と格闘しながら、もやし炒めを食べている。

第三話

奈落のリビング

目が覚めたら今日も白い天井が見える。

このレジデンスのリビングに移送されて以来、目覚めの光景はいつもこれだ。左を向けば最上階のガラス窓越しに、緑の丘陵《きゅうりょう》から遠く都心の高層ビル群まで東京郊外の朝景色を一望できるはずなのだが、右も左も向けない状態とあって見ようにも見られない。

三十畳の広々としたリビングの窓際に、ぽつんと置かれた電動ベッドに寝たきりで、眩《まぶ》しい朝の陽射《ひざ》しを遮《さえぎ》るように瞼《まぶた》を半開きにして天井を眺《なが》めているしかないだけに、この先、おれはどうなっちまうんだろう、と底なしの絶望に襲われる。

といって、鬱々《うつうつ》と沈んでいても心が荒《すさ》むばかりだ。いつかきっと希望の光が射すと信じて生き続けなければ、と思い直したりもするのだが、結局は白い天井を見続けているしかない自分が狂おしいほど哀れになる。

ちょうど一週間前、柴山総太郎《しばやまそうたろう》は自身が経営する『株式会社 柴山企画』の会議室にいた。社の幹部たちの前に立って次期戦略について熱弁を振るっていたのだが、途中、不意に頭がぼわんと浮遊する感覚に見舞われて気が遠くなりはじめた。え、と困惑《こんわく》していると血圧が急上昇する圧迫感とともに全身に力が入らなくなり、ふらりとよろけて崩れ落ちるように床に倒れた。

泡を食った部下たちの手で応接室に運び込まれてソファに寝かされた。朦朧《もうろう》とした意識のまま横たわっていると、やがて救急車が駆けつけてきて都心の病院に搬送されたものの、すでに意識はあっても体が動かせなくなっていた。

すかさず集中治療室に運ばれて全身麻酔で治療を施され、院内の病室で麻酔から覚めたのは翌日の午後だった。ところが、夕方には再び搬送車に乗せられてレジデンスのリビングに運び込まれた。さすがにぐったり疲れてそのまま寝入ってしまったが、翌日の朝、唐突《とうとつ》に響き渡る妻の早紀《さき》の金切《かなき》り声《ごえ》に叩き起こされた。

「それはだめよ！　うちの主人は、この部屋でずっと療養させたいの！」

十年前に再婚した早紀は、総太郎より二回りも歳下の若さゆえか、見苦しいほど取り乱していた。詰め寄られている女性は介護を支援するケアマネージャーらしく、やけに興奮している早紀を穏《おだ》やかに諭《さと》していた。

「ですから奥様、病院のお医者様もおっしゃられたように、ご主人は脳梗塞《のうこうそく》で倒れて一命こそ取り留めましたが、生命維持機能以外は意識も含めてすべて失われた植物状態なんですね。この先は人工呼吸器で延命措置《そち》を行うか、このまま自然の摂理《せつり》に従うか、二者択一《たくいつ》しかないわけで、いまからでも病院に戻っていただいたほうがよろしいと思うんです」

その言葉に総太郎は引っかかった。いまケアマネージャーは、意識も含めてすべて失われていると言った。だが、総太郎には意識があるし、目も見えている。二人の会話も聴き取れている。

ちょっと待ってくれ、と口を挟《はさ》もうとしたが、なぜか声は発せない。身ぶりで伝えたくても、顔も手足もぴくりとも動かせない。意識はあるのに全身が自分のものではないように感じられる。

どうなってるんだ。おれの体はどうなっちまったんだ。いささか動揺していると、総太郎には意識がないと思い込んでいる早紀がさらに詰め寄った。

「とにかく、この人はうちの会社の社長なの。社員たちも心配してるし、植物状態だからって狭い病室になんか入れときたくないの。ゆったりしたリビングに看護師を派遣《はけん》してもらって、何かのときは先生に駆けつけてもらう。そんな万全の態勢で療養させてあげたいの！」

頑《がん》として聞かない早紀に、ケアマネージャーも辟易《へきえき》したのだろう。そこまでおっしゃるなら、とため息まじりに帰っていき、翌日から訪問看護会社の看護師が派遣されてきたのだが、ただ総太郎は、この一連の流れがいまだに納得できていない。

その後も人工呼吸器は装着されていないから、早紀は〝自然の摂理に従う〟ほうを選択したのだろうが、そもそも総太郎は植物状態なんかじゃない。こうして意識はあるのだから何かしら治療法があるはずだし、ただひたすら自然死を待つ生活なんてあり得ない。

そこで、早紀とケアマネージャーがやり合っている最中も何度となく意思表示しようとしたのだが、相変わらず声は出ないし体も動かない。見た目は植物状態と変わらないだけに、結局は植物状態と見做《みな》されたままレジデンスでの療養が決まり、早紀はその日のうちに港区《みなと》の邸宅に帰っていった。

このレジデンス悠々《ゆうゆう》の二四〇三号室を買ったのは、三年ほど前のことだ。

「あなたも来年は還暦《かんれき》だし、最近人気の介護付きレジデンスを投資がてら買っておこうよ」

老後は集合住宅のほうが暮らしやすいらしいし、と早紀にせがまれて購入し、いつでも住めるように家具や家電類なども買い揃えて放っておいたのだが、まさか三年後に寝たきりになって置き去りにされようとは思わなかった。

その意味で、もうひとつ腑《ふ》に落ちないことがある。なぜ早紀は、ここで療養させようと決めたんだろう。総太郎は十年前に建てた港区の邸宅のほか伊豆《いず》高原と石垣島《いしがきじま》にも別荘を所有している。介護態勢が整っている集合住宅のほうが在宅看護向きだと判断したにしては、いまも早紀は邸宅で暮らしているし、どこか釈然《しやくぜん》としない。

しかも早紀は、ケアマネージャーとやり合ったあの日以来、一度も顔を見せていない。植物状態の夫に会ったところで意味がないと思っているんだろうか。あるいは、脳梗塞で倒れる数日前に早紀と喧嘩《けんか》をしたことも影響しているのか。

考えるほどに鬱々とした気分に拍車《はくしや》をかけられて気が狂いそうになる。無理やりにでも楽しい想像をめぐらせて心の平静を保たなければ、とは思うのだが、気がつけばまたネガティブ思考に引き戻されている。

おれにはちゃんと意識がある。この事実をだれにも気づかれないまま、こうして一生葛藤《かつとう》し続けるんだろうか。葛藤し続けたあげくに、このベッドで死に至るんだろうか。

ああもう、おれはどうしたらいいんだ。

いつしか負の堂々めぐりから抜けだせなくなっていると、

「おはようございます！」

男の声で挨拶《あいさつ》された。明るく張りのあるその響きでだれかわかった。

高橋健也《たかはしけんや》だ。早紀が帰っていった翌日から訪問看護会社から派遣されてきた、けっこう男前の訪問看護師だ。植物状態になってからというもの、妻にも相手にされなくなった総太郎のもとに毎日通ってきて丁寧《ていねい》に看護してくれている。

今日もまた、意識がある患者に接するのと同じように、

「総太郎さん、ゆうべはよく眠れましたか?」

やさしく微笑《ほほえ》みかけながら肩掛け式のナースバッグから血圧計を取りだした。


訪問看護という仕事は、つくづく大変だと思う。

基本的には午前八時と午後二時の一日二回、血圧、脈拍、呼吸、体温などをチェックして、採血、注射、点滴をしてくれる。加えて食事代わりに静脈から経静脈栄養を入れたり、床《とこ》ずれ予防措置や口腔《こうくう》ケア、薬品の手配や電話応対も含めてルーティン仕事はけっこうある。総太郎に異変があれば、病院の主治医と連携して診察や再入院にも対応してくれるようだ。

ほかにも午後一時と午後八時に介護士の宮沢千鶴子《みやざわちづこ》がやってきて、排泄《はいせつ》と入浴の介助、衣類の着脱や洗濯など身の回りの世話を手際よくこなしてくれる。ただ彼女の仕事ぶりには、どこか事務的な匂いが漂っているのに対して、健也の看護には細やかな気遣《きづか》いと献身が感じられる。

おまけに健也は、検査を終えても話し続けてくれる。頻繁《ひんぱん》に話しかけて脳に刺激を与え続けていれば意識の回復に繋《つな》がる、と考えているのか、検査結果の説明から今日の空模様、世間で話題のニュースなどのほか、

「この仕事をやってると、なかなか彼女ができないんですよ。女性と出会う機会自体が少ないし、運よく出会えてもお金持ちでないと相手にされないし、まいっちゃいますよ」

といった二十九歳男子の本音まで漏《も》らして明るく笑ってみせる。

意識だけで生きている身としては、そんな他愛《たわい》のない話だけで心が和《なご》む。鬱々とした気持ちを、ふと忘れていられる。もちろん介護士の千鶴子もよくやってくれているのだが、健也とのひとときはとりわけ楽しい。いまどき、こんな若者もいるんだなあ、と嬉《うれ》しくなると同時に、おれは健也ぐらいの年代に何をやってたんだろう、と三十年以上も昔の自分を振り返ってしまう。

当時、総太郎は都内の広告代理店で働いていた。といってもテレビや新聞雑誌などを取り仕切る大手と違って、電車やバスの交通広告、繁華街のビルに掲《かか》げる街頭広告などを手掛ける地域密着型の中小企業。町場の商店や飲食店、美容室や医院といった事業主から注文を取ってくる、しがない営業マンだ。

ただ、営業成績は優秀だった。子どもの頃からおしゃべりだった総太郎は、お笑い芸人を目指して高校を一年で中退。芸能プロの芸人養成所に通い、広告代理店に就職するまでの十年間はバイト三昧《ざんまい》の売れない芸人生活を送っていたのだが、その経験が功を奏した。弁もキャラも立つ人《ひと》懐《なつ》こさで、入社二年後には営業成績トップに立ってしまった。

ところが、会社からは金一封の支給だけで給料も同年代平均に毛が生えた程度しか上がらなかった。これはないだろう。腹を立てた総太郎は密かに独立を画策しはじめた。入社後に付き合いはじめた内勤の彼女にも事あるごとに会社への不満を漏らし、

「二人で会社を興して幸せになろう」

とプロポーズして半年後には結婚した。

それが先妻の結花《ゆいか》なのだが、実際、入籍の一年後には夫婦で会社を辞め、下町の雑居ビルに狭い事務所を借りて株式会社柴山企画を立ち上げて念願の独立を果たした。

柴山企画の事業内容も広告代理業だった。古巣が扱っていた街頭広告と交通広告に加えて、街で配るティッシュ広告、ポスティング用のマグネット広告やチラシも含めた、より幅広い宣伝広告活動を一手に引き受ける営業方針で意気揚々と船出した。

ところが、いざ営業をはじめてみると以前とは勝手が違った。かつては営業成績トップだった総太郎が社長の名刺を携《たずさ》えて精力的に飛び回ったにもかかわらず、まるで注文が取れない。

原因は、ほどなくしてわかった。総太郎が飛びだした広告代理店は、中小企業といえども都内の各地域と長年の付き合いがあり、その地道な繋がりゆえに信頼を得ていた。そこに総太郎の弁舌とキャラが加わったことでトップセールスを達成できたわけで、けっして総太郎だけの手柄ではなかったのだ。

だが、そうと気づくのが遅すぎた。開業直後こそぽつりぽつりチラシ制作を依頼されたものの、その後は閑古鳥《かんこどり》が鳴きっぱなし。開業時に借りた資金は見る間に目減りして、数か月にしてジリ貧に追い込まれ、バイトで雇《やと》った女子事務員からも早々に見限られた。

しかも家に帰れば先妻の結花が起業前に生まれた幼子の世話に追われていて、会社の手伝いどころではない。仕方なく総太郎は、

「おれ、しばらく事務所に泊まり込んで頑張《がんば》るから」

と結花に告げて、近隣の商店街の店々に片っ端から飛び込み営業をして歩いた。電柱広告の一

本、チラシの一枚でいいから請《う》け負《お》わせてほしい、と泣き落としさながらに売り込んで回った。

そんな折にたまたま、とある商店街の和菓子屋の店主に出会った。といっても、地元でも名の知れた三代続く老舗《しにせ》の大旦那《おおだんな》で、見た目もまた三代目然とした恰幅《かっぷく》のいいおやじだった。総太郎としては願ってもない大口取引先候補とあって、弁舌を振るって必死に食い下がったところ、その必死さが伝わったのだろう。若造が繰りだすセールストークに耳を傾けてくれたばかりか、

「だったら、試しに宣伝してみてくれるか」

あっさりオファーしてくれた。これに歓喜した総太郎は、

「それでは手はじめに、年末のお歳暮《せいぼ》商戦に向けた宣伝広告企画をご提案いたします」

と身が引き締《し》まる思いで申し出た。ところが店主は首を左右に振り、

「いやいや店の宣伝じゃなく、わしの宣伝をしてほしいんだよ」

と差しだしてきた名刺には〝区議会議員〟と肩書がついていた。

老舗の三代目は三期続けて当選してきたベテラン区議でもあるそうで、来年の統一地方選挙に向けて新人の出馬宣言が相次《あいつ》いで波乱が予想されているため、

「ここは思いきって、きみのような若い感性で斬新《ざんしん》な選挙戦略を展開してほしいと思ってね。ただし、複数の業者に声をかけて競合プレゼンにする予定なんで、それでよければ、だがね」

挑発《ちょうはつ》するように告げられた。

「ありがとうございます！　ぜひご提案させてください！」

総太郎は深々と頭を下げた。

選挙戦略の立案など未経験ながら、こうなったら当たって砕けろとばかりに総太郎は勇《いさ》み立ち、二週間後には見事、競合プレゼンに打ち勝った。その後は一年近く選挙運動に明け暮れた末に店主は四選を果たし、柴山企画が急成長する大きな転機になった。

ただその間、総太郎は家庭を一切顧《かえり》みなかった。事務所への泊まり込みは区議選が終わっても続き、母子家庭さながらの生活に追いやられていた結花は、ついに愛想《あいそ》をつかし、幼子を抱えて実家に帰ってしまった。

結果的には和菓子店主との出会いが妻子との別れに繋がってしまったわけで、そんな過去を反《はん》芻《すう》するほどに忸怩《じくじ》たる思いに駆られるが、じゃあ、あのときおれはどうすればよかったのか。いま改めて自分に問いかけながら白い天井を見つめていると、

「総太郎さん、午後の検査です」

健也がリビングに入ってきた。そのまま総太郎の傍《かたわ》らにやってくるなり、ナースバッグから血圧計を取りだして測定にかかる。

この青年は、いまのおれの歳になったとき、二十九歳の頃の自分をどう回顧《かいこ》するんだろう。いつものように総太郎の上腕に血圧計の腕帯を巻きはじめた健也を見やりながら、ふと思った。

その日の夕暮れどき。あとは午後八時に介護士の千鶴子、真夜中と夜明け前に夜間定期巡回サービスの派遣ヘルパーがやってくるだけだ、と考えながら相変わらず白い天井を見つめていると、突如《とつじょ》、リビングのドアが開く音がした。

だれか来たようだ。こんな時間に、だれだろう。物音は聴こえても天井しか見られない。動揺しながら耳を澄《す》ましていると、何人かのスリッパ履《ば》きの足音がパタパタパタとリビングに入ってきたかと思うなり、

「あなた」

と呼びかけられた。

後妻の早紀だった。そのままパタパタとベッドに近づいてくる早紀の背後から、

「社長、このたびは大変でしたね」

中年男の声で話しかけられた。会社の堀越《ほりこし》常務だ、と気づいた瞬間、

「だめだめ、あたし以外は近づかないで。雑菌が感染したらアウトだから、ソーシャルディスタンスを保って会話も控えめにしてちょうだい」

早紀が声高《こわだか》に咎《とが》めた。

どうやら会社の幹部たちも一緒らしい。こんな時間に来なくても、と思いながら様子を窺《うかが》っていると、ベッドの傍らまでやってきた早紀が猫撫《ねこな》で声で言った。

「ねえあなた、今日は会社の先行きを心配してくれてる役員三人を連れてきたから、ここで臨時取締役会を開きたいの。病状に差《さ》し障《さわ》りがないように早く終わらせるためにも、早速、第一号議案を聞いてほしいんだけど、いいわよね」

同意を求めるように総太郎の顔を覗《のぞ》き込むと、うんうんと大げさにうなずいてみせ、あたかも同意を得たかのごとく、ありがとう、と礼を言ってから続ける。

「実は今回、あなたの療養中も柴山企画の業務を円滑に進められるように、あたしが代表取締役社長代行として決裁権を行使できるようにしたいの。それで問題ないわよね」

またしても同意を求めると、一通の書類を差しだしてきた。〝代理人契約書〟と題された書類の末尾には、すでに総太郎と早紀の名前が記されている。

すかさず早紀はポケットから印鑑を取りだし、総太郎の麻痺《まひ》した右手に摑《つか》ませて捺印欄《なついんらん》に押しつけるなり、

「ありがとう。あなたが元気になって復帰するまで、あたしが柴山企画を守るからね」

取ってつけたように感謝の言葉を口にして、皆さんも承認してくれるわね、と役員三人を振り返って同意を求める。

「はい」

「はい」

「はい」

耳馴染《みみなじ》みのある三人の声が返ってくると、

「じゃあ陸斗《りくと》、いますぐ議事録にまとめちゃって」

と早紀は命じた。陸斗はまだ三十代の若手管理職だ。彼も来てたのか、と初めて気づいて耳を澄ませていると、早くもパソコンのキーを打つ音が聴こえはじめた。

これはいったい、どういう茶番なんだ。

総太郎は唖然《あぜん》としていた。早紀は主治医の診断通り総太郎には意識がないと思っているはず

だ。なのに、なぜ意識があるかのように振る舞って議案を通したのか。三人の役員たちも茶番とわかっているはずなのに、なぜあっさり承認したのか。これはもう早紀と役員三人が総太郎の不幸に付け込んで、何か企《たくら》んでいるとしか思えない。おれの会社をまんまと乗っ取るつもりか、と焦《あせ》っていると、

「では、あとは事務作業なので、役員の皆さんはお帰りください」

早紀が追い立てるように散会を告げ、役員三人のスリッパの音がパタパタパタと遠ざかっていった。

それからしばらくはキーを打つ音だけが響いていた。早紀はもはや総太郎には興味がないらしく、部屋にあるテレビをつけて観ているようだったが、ほどなくして議事録を打ち終えた陸斗が、

「ねえ早紀、こんなんでいい？」

やけに馴れ馴れしく呼び捨てで声をかけた。

「まあ議事録なんてこんなもんね。とりあえずこれで一件落着だから、ご飯、行こっか」

早紀も一転して甘えた女の声を返す。

年齢的には陸斗より早紀が三つ四つ上だったはずだが、いつからこんな仲になったんだろう。どうせ総太郎には意識がないと二人とも思い込んでいるからか、

「だったら、レストラン悠々の特撰ロースカツ御膳がいいな。寝たきりさんを運んできた日に食ったら旨《うま》かったし」

と陸斗は総太郎を寝たきりさん呼ばわりする。

「やだもう、そんながっついた学生みたいなご飯、食べたくない。せっかくだからシャンパンでも抜いて派手にいこうよ」

「じゃあ、この前行った広尾《ひろお》のフレンチは？」

「賛成！　あそこのスペシャリテ、マジでヤバかったし」

蜜月《みつげつ》の男女さながらの会話を交わすなり、すぐ行こ、と早紀が陸斗を促《うなが》すと、総太郎のことなどまるで無視して、二人ともはしゃいだ声を上げながら部屋を出ていった。


ここまで露骨に本性を剝《む》きだしにされれば総太郎だって察しがつく。

植物状態になった夫を見限った早紀は、密かに懇《ねんご》ろになっていた陸斗と共謀して役員三人を手《て》懐《なず》け、柴山企画を乗っ取って意のままに操ろうと企んだ。そこで総太郎を無理やりレジデンスに移送して第三者が容易に接触できないように幽閉《ゆうへい》し、役員三人をそそのかして代理人契約書を結ばせたのだ。

それにしても早紀と陸斗は、いつ懇ろになったんだろう。改めて考えてみると、その兆候《ちょうこう》は還暦直前にレジデンスを買わされた頃からあった気がする。日夜仕事に追われている総太郎をよそに、早紀の夜の外出が妙に増えはじめたからだ。昔の会社の同僚との食事会だったり、高校時代の仲間とのパーティだったり、出掛ける理由はさまざまだったが、

「女友だちの家にお泊まりしてくる」

と外泊したことも一度や二度ではない。いまにして思えば陸斗と乳繰《ちちく》り合っていたに違いないが、これが歳の差婚の現実というものだろうか。

そんな早紀と出会ったのは、いまから十年前のことだった。すでに下町の雑居ビルから都心のオフィスビルに移転していた柴山企画が、都内のシティホテルで年商三十億円達成を祝う記念パーティを催《もよお》したときに、接待役として呼んだコンパニオン派遣事務所の現場統括責任者、それが早紀だった。

起業直後に崖《がけ》っぷちに追い詰められた総太郎は、和菓子屋の三代目と出会い、千載一遇《せんざいいちぐう》のチャンスとばかりに初の選挙ビジネスに挑んだ。得意の弁舌とキャラを駆使して地元の有力者たちに食い込み、人の輪を巧妙に繋いでいく〝人たらし作戦〟を決行して各方面の組織票をまとめ上げ、乱立する新人候補を真っ向から蹴《け》散《ち》らして和菓子店主を死に物狂いで四選に導いた。

まさにビギナーズラック的な成功とはいえ、その成果を伝え聞いた地方議員や議員候補からも声がかかりはじめた。このチャンスも逃《のが》すまいと、総太郎は地方政界相手に実績を積み重ねて従業員百人余りの中堅広告代理店にまで急成長させ、創業十年目には本社を都心のオフィスビルに移転。悲願の年商三十億円を達成した。

それだけに、多くの有力者や支援者を招待した達成記念パーティには、さらなる躍進に向けた大きな期待が込められていた。当然ながら接待役のコンパニオンも重要な役割りを担《にな》っていたのだが、当時まだ二十八歳だった早紀の働きぶりに総太郎は目を瞠《みは》った。自《みずか》らもコンパニオンとして宴会場に立った早紀は、生来の〝演じる力〟を全開にして、媚《こ》びず出過ぎずキュートな自分を演出し、そつのない立ち居振る舞いで招待客の注目を集めた。

一方で戦略的なマネジメント力にも長《た》けていた早紀は、三十名近いコンパニオンを状況に応じて自在に操り、数多《あまた》の大物たちの心を鷲摑《わしづか》みにした。それはパーティ会場にとどまらず、二次会三次会にも精鋭のコンパニオンを同伴させて盛り上げるなど、手厚い接待ぶりで想定以上の反響があった。

早紀こそ、うちの接待現場に欠かせない人材だ。そう確信した総太郎は、パーティ明けの翌日、うちに来てみない？　と即座にヘッドハンティングした。このオファーに対して早紀も、

「今回、総太郎さんのような素晴らしい経営者に出会えて、こちらこそ光栄の至りです。ぜひお仕えさせてください」

と二つ返事で快諾《かいだく》してくれた。すかさず総太郎は第二営業部長という接待専門の役職を新設し、地域の有力者に取り入る場には欠かさず同行させた。

それから男女の仲になるまで時間はかからなかった。先妻の結花に逃げられて以来、独り身の侘《わび》しさを味わっていた総太郎だけに、仕事の傍ら早紀を口説《くど》き続け、半年後には同棲《どうせい》をはじめ、その一年後に再婚した。

できれば早紀との子どもも授かりたかったが、それが叶わないとわかったときも早紀のほうから、

「あなたとは不思議なことに歳の差を感じないのよね。だから、これからもずっと二人でいられれば、それだけでいいの」

と甘えられたものだが、あれから十年。いつのまにか歳下の陸斗とできていたばかりか、総太郎が寝たきりになった途端、柴山企画をまんまと乗っ取り、あっさり夫を見捨てた。

これが早紀の本性だったのか。そう思うと眩暈《めまい》がするほどの悔しさに見舞われるが、しかし、これで早紀の思惑《おもわく》通り運ぶと思ったら大間違いだ。猿芝居のごとき臨時取締役会で実権を握《にぎ》ったつもりでいても、早紀が柴山企画を存続させることはまず不可能だからだ。

入籍直後に取締役に昇進させた途端、接待仕事を放りだしてお飾り取締役になってしまった早紀は何も知らないが、柴山企画が選挙ビジネスで成長できた理由は、営業力に加えて実は〝裏金〟にあるからだ。

この国の選挙は民主主義でも何でもなく、いかに多くの有力者や支援者と太いパイプを繋ぐかで勝負が決まる。その接着剤となるのが裏金だ。税務署に把握《はあく》されていない隠し金を、ここぞの切り札として直接、あるいは間接的に差しだして緊密な関係を築くことこそが当選の決め手になる。

おまけに、この国の政治家たちは票のためなら政治理念も信条も宗旨《しゅうし》も、いとも簡単に翻《ひるがえ》す。カルト紛《まが》いの宗教団体にすら平然と擦《す》り寄る有様とあって、総太郎もまた、そうした政界の無節操ぶりに麻痺《まひ》してしまい、地域の有力者たちにひたすら裏金をバラ撒《ま》きつつ選挙ビジネスを成長させてきた。

そんな裏金の威力を最初に思い知ったのは、競合プレゼンで和菓子屋の店主から仕事を勝ち取った翌晩だった。区議選に向けて景気づけに、と店主が初めて夜の街に連れていってくれた際、

「うちの菓子折箱は、昔からコンニャクを入れるのに打ってつけだと評判でね」

と冗談めかして告げられた。当時はまだ選挙の素人《しろうと》だった総太郎は、

「は？」

と首を傾《かし》げたものだが、〝コンニャク〟とは百万円の札束のことだった。〝レンガ〟は一千万円で〝座布団《ざぶとん》〟は一億円。どれをどう菓子折箱に詰めるかで得票率が大きく変わるから、まあ有効活用してくれ、と店主が笑いながら空《から》の菓子折箱を何箱もプレゼントしてくれた。

そうと聞いて真っ先に菓子折箱を持参したのは、個人事業主を支援する地元商工会の副会長の事務所だった。商工会の実質的なキーマンは彼だと見抜いた総太郎は、先妻の結花がＯＬ時代にこつこつ貯金したコンニャク二枚を、会社のためだ、と強引に銀行から下ろさせて菓子折箱に詰め、ここぞのタイミングで副会長に差しだして劣勢だった和菓子店主に大量得票をもたらした。

この一件も、実は結花が実家に帰ってしまう一因となったのだが、そうとも知らず初の勝利に味を占めた総太郎は、選挙ビジネスにのめり込んでいった。

選挙ビジネスのおいしさは選挙後にある、とわかったからだ。区議の座に踏みとどまった和菓子店主は、当選直後から柴山企画に利権仕事を回してくれるようになった。その仕事を下請《したう》け会社に外注し、中間マージンをごっそり抜いて儲《もう》ける。この利権商売テンプレートを、ほかの区議はもちろん国会議員や新規の有力立候補者にも当てはめることで柴山企画はぐんぐん伸《の》し上がれたわけで、要は、裏金こそが急成長の鍵だったのだ。

ただ、その裏金の隠し場所は、社内で唯一《ゆいいつ》、総太郎しか知らない。妻の早紀にも隠し通してき

たトップシークレットとあって、このまま総太郎が死んだ日には、裏金もまた人知れず闇に埋もれてしまう。

早い話が、早紀は会社の実権を握ったつもりでいるが、それだけでは選挙ビジネスは存続できない。総太郎が奇跡の快復に至るか、死に至るか。その二択で早紀が奪った柴山企画の存亡も決まるわけで、このおれを舐《な》め腐《くさ》って吠《ほ》え面《づら》かくんじゃねえぞ！　と総太郎は白い天井を睨《にら》みつけながら心の内で罵《ののし》り声を上げた。


今日もまた朝八時の検査が終わったところで、健也がふと口を閉ざして考え込んでいる。いつもなら栄養剤の点滴を準備しながら気さくな世間話をはじめるのだが、急にどうしたのか。異常な数値でもあったのか、症状悪化の兆候でも見つかったのか。

悪い予感に駆られていると、しばし考えていた健也が意を決したように、総太郎の目を見た。

「あの、もし間違っていたら申し訳ないんですが、ひょっとして総太郎さんには意識がありますよね？」

衝撃の問いかけだった。

これまで健也は、たとえ総太郎が植物状態であろうと頻繁《ひんぱん》に話しかけて脳に刺激を与えていれば意識が戻るかもしれない、と信じて話しかけてくれていたそうだが、ついに、総太郎には意識がある、と気づいてくれた。あまりの嬉しさに思わず大きく目を見開いていると、

「それです！　その目は意識がある証拠だと思ったんです！」

と健也が声を上げた。

言われてみれば、いま総太郎は自力で瞼を見開いた。手足も体もまったく動かせないのに、瞼だけは意識的に開け閉めできている。おかげで最近では視界もぐんと広がり、壁掛け時計も視野に入るようになって時間が把握できるようになったのだが、そんな総太郎の変化を見逃さないでくれていたことが嬉しくてならず、何度となく瞼を瞬《しばた》かせていると、健也も声を弾ませて続ける。

「実はぼく、初めて看護に伺《うかが》ったときから薄々感じてたんです。意識のない植物状態の人は瞼もまったく動かせないのに、総太郎さんの瞼は、睡眠中は閉じているのに目覚めると半目に開いている。ぼくが話してるときなんか全開になってるんですね。これってつまり、瞼を自力で動かせているからじゃないのか。総太郎さんに意識があるからじゃないのか。そんな思いが湧き上がって、ゆうべ詳しく調べてみたら、ぴったり当てはまる疾患《しっかん》があったんです」

そこまで説明したところで点滴の準備が終わり、栄養剤を流し入れるチューブのコックを開けてから健也は言葉を繋ぐ。

「そこで、ちょっとお願いなんですが、もし、いまぼくが話した内容が総太郎さんの意識に届いていたら、瞼を動かしてくれませんか？　無理はしなくていいので、瞼をゆーっくり開ける。それして、ゆーっくり閉じる。それだけで、ぼくの言葉が総太郎さんの意識に本当に届いているかどうか確認できるので」

お願いします、と言いながら、改めて総太郎の目を覗き込んでくる。

あえてそう言われると、ちょっとばかり緊張してしまうが、せっかく総太郎の本当の病状に気づいてくれたのだ。ここは頑張って瞬《まばた》きしてみよう、と寝たきりになって以来、初めて瞼に意識を集中させて、ゆーっくり開けて閉じた途端、

「総太郎さん、届いてるんですね！　ぼくの言葉がちゃんと聴こえてるんですね！」

上気した声が返ってきた。

思わず笑みがこぼれそうな気持ちになったが、瞼と違って顔の筋肉は動かせない。見た目は無表情のままだろうが、いまや心の内には、はち切れんばかりの歓喜が満ちている。

そんな総太郎の思いが伝わったのか、健也が身を乗りだした。

「いまの総太郎さんの症状は、実は、〝閉じ込め症候群〟っていう特殊な疾患とそっくり同じなんですよ」

脳梗塞や脳腫瘍《のうしゆよう》などが原因で発症する閉じ込め症候群は、意識はクリアで視覚、聴覚、痛覚も正常なのに、四肢《しし》麻痺や顔面神経麻痺などによって体が動かせず言葉も発せない特徴があるという。一般にはあまり知られていないため意識がない植物状態だと誤診されやすいそうで、総太郎もそのケースかもしれない、と言うのだった。

「もちろん、ぼくは看護師なので診断は下せません。ただ、不思議なことに閉じ込め症候群の人は、瞬きしたり眼球を上下に動かしたりはできるので、それによって意思疎通《そつう》が図《はか》れるんですよね。ですから念のため、もう一度、瞬きしてくれませんか？」

言われた通り再び瞼に意識を集中させてゆっくりと瞬きした。

「ああ、やっぱり総太郎さんは植物状態と間違われた可能性が高いと思います。ちなみに、眼球

も上下に動かせますか？」

　これまた上と下を見るように眼球を動かしてみせると、

「素晴らしいです。これでますます総太郎さんの療養生活に希望が生まれました」

と笑みを浮かべる。健也が調べたところでは、閉じ込め症候群は、昔は死亡率が高い疾病《しっぺい》と言われていたそうだが、現在では発症から十二週間以内に早期発見されて適切なリハビリが施されれば、快復も期待できるという。

　事実、かつて南アフリカの少年が、だれにも気づかれないまま十年間も寝たきり生活をしていたのに、新たに移った施設で出会った女性介護士に介護されているうちに奇跡の快方へ向かった。その後は大学に進学し、就職も結婚もして幸せな生活を送っているそうで、

「そうとわかったからには、うかうかしてはいられません。一刻も早くリハビリをはじめたほうが快復の可能性も高まるので、とりあえず明日の検査のとき、コミュニケーション用の介護ツールを持ってきます。それを使って総太郎さんと意思疎通が図れるようなら、さらに一歩前進できますから、希望を胸に頑張りましょう！」

　と笑顔で励ましてくれると、そっと手を伸ばして総太郎の二の腕を愛《いと》おしそうにさすってくれた。

　いまどき、ああいう青年がいるんだなあ、と胸に沁《し》みた。

　選挙ビジネスの旨みを知った総太郎は、なし崩し的に薄汚れた世界に呑《の》み込まれていった。後

ろめたさを覚えながらも、ほかにおれが生き残っていく道はないんだ、と開き直っていただけに、無垢《むく》なままでの健也の好青年ぶりには心が洗われる思いがした。

思い返せば総太郎だって中学時代までは無垢な少年だった。成績はそこそこ良く、気の利《き》いた会話術で男子からも女子からも一目置かれるクラス三番手の人気者、といった立ち位置にいた。

ところが中学三年の夏休みに工場勤務の父親が事故死して、それを境に母親のパート頼りのどん底生活に陥《おちい》った。それでも高校には進めたものの、母親の負担になっては、と一年で中退してお笑い芸人を目指したのだが、箸《はし》にも棒にもかからないまま挫折《ざせつ》。数多の苦難の末に、たまたま拾ってくれた街場の広告代理店のおかげで独立を果たし、コンプライアンスなどどこ吹く風の選挙ビジネスにどっぷり嵌《は》まっていった。

もしあのとき父親が事故死していなかったら、どんなおれになっていただろう。少なくとも先妻の結花に、あんな仕打ちをする男にはなっていなかったんじゃないか。そう思うと、いまさらながら結花には本当に申し訳ないことをした、と自己嫌悪《けんお》に苛《さいな》まれ、夜になってもなかなか寝つけなかったが、その翌朝も健也はいつものように、

「おはようございます！」

明るく挨拶してリビングに入ってきた。

その手にはA3サイズほどの透き通ったアクリル板を抱えていた。よく見ると板面には黒い文字で〝あいうえお〟の五十音が順序よくプリントされている。

「これは介護用の〝透明文字盤〟っていうんですけど、検査が終わったら総太郎さんといろいろ

お話ししたいと思いまして」

そう前置きすると、健也はルーティンの検査を手際よく終わらせ、改めて透明文字盤を手にして両面をきれいに拭《ふ》き上げ、

「ちょっと背中を持ち上げますね」

電動ベッドのリモコンを操作して上半身をリクライニングチェアほどの角度に上げて、健也との間に透明文字盤を立てた。

「では総太郎さん、ゆっくりでいいので、目を動かしてお好きな文字を見つめてください」

そう言われて、若干《じやっかん》の戸惑《とまど》いはあったものの指示された通り目を動かし、透明文字盤の右上の〝さ〟に視線を合わせた。すると文字盤を隔《へだ》てた健也も総太郎と同じところに視線を合わせ、

「〝さ〟ですね。間違いなければ〝イエス〟の意味で瞬きを一回、〝ノー〟のときは瞬きを二回してください」

と言った。瞬きを一回してイエスと答えた。途端に健也が顔を綻《ほころ》ばせた。

「よかったです。ちゃんと〝さ〟が伝わったので、これで総太郎さんと会話できます。つぎは何文字でもいいので、順番に視線を合わせて、お好きな言葉をぼくに伝えてください」

ちょっと考えてから、またひとつの文字に視線を合わせた。

「〝う〟ですね」

そう確認されて瞬きを一回返し、別の文字に視線をやる。

「〝れ〟ですね」

また瞬きを一回して〝し〟〝い〟と順に視線を動かし、

『う　れ　し　い』

と伝えた。

「ぼくも嬉しいです！」

健也が微笑みを返してきた。

こんな介護ツールがあるとは思わなかった。一気に世界が開けた気がして総太郎も心の内で微笑んでいると、

「ほかにも濁点《だくてん》、半濁点《はんだくてん》、小文字などの記号や〝トイレ〟〝暑い〟〝寒い〟〝痛い〟〝苦しい〟といった単語もあるので、これからは透明文字盤を使っていろいろ話しましょう」

その言葉にまた嬉しくなって、再び文字盤に視線を走らせた。

『で　も　つ　か　れ　る』

まだ六文字しか伝えていないのに瞼も眼球もけっこう疲れる、とぼやいてみせたのだが、健也は大きく首を横に振った。

「大丈夫です。何度も文字を追っていれば眼球運動の筋肉が徐々に鍛《きた》えられて、もっと楽に動かせるようになるはずですから、今後は透明文字盤会話を日課にしましょう。慣れてくればもっと早く意思疎通できるようになるので、そうなったら奥様にサプライズで〝総太郎さんには意識があります！〟とお伝えして、改めて主治医に診《み》てもらいましょう。そして正式に閉じ込め症候群と診断されたら、きちんとしたリハビリをはじめられます。この前もお話ししたように、この病

気には南アフリカの少年の例もありますから、これはひょっとしたらひょっとしますよ！」

めずらしく興奮している健也の言葉に総太郎も心が躍《おど》ったが、ただ、ひとつ引っかかった。奥様にもサプライズで伝える、と健也は言ったが、総太郎に意識があると早紀に知られたらヤバいことになるんじゃないか。

それでなくても早紀は、陸斗とこっそり蜜月関係になっていたり、無理やり代理人契約書に捺印させたりした女だ。そうした裏切り行為がすべて総太郎にバレていたとなれば、リハビリどころか総太郎の報復を恐れて何をしでかすかわからない。

慌《あわ》てて総太郎は瞬きを二回返した。

「え、何でノーなんです？」

健也に問い返されて、再び文字盤に視線を走らせた。

『つ　ま　に　は　ひ　み　つ』

「どうしてです？」

『じ　じ　ょ　う　が　あ　る』

「事情？」

『ま　だ　は　な　せ　な　い』

気遣いに長《た》けた健也なら総太郎の気持ちに寄り添ってくれるはずだ。そう信じて、とにかく頼む、とばかりに目力を込めて健也の目を見つめた。その気迫が伝わったのか、よほどの事情があるのだろう、と健也は察してくれて、

「わかりました。看護師としては患者さんのご意向を第一に尊重します。介護の人たちにも、意識があることをまだ伝えないほうがいいですか？」

小首を傾げて確認された。もちろん、と総太郎は瞬きを一回返し、

『あ り が と う』

と感謝の意を伝えると、健也は神妙な面持《おもも》ちでこくりとうなずいた。


翌朝、いつになく心地《ここち》よく目覚めた総太郎は、レストラン悠々の特撰ロースカツ御膳を食べたくなった。

早紀と懇ろになった陸斗は一蹴《いっしゅう》されていたが、総太郎はレジデンスを下見に訪れた際、学生のようにがつがつ食ったものだった。いまは栄養剤で生き長らえているものの、健也のおかげでまた食えるかもしれない。そう思うと自然に心が浮き立ってくるが、そのとき、

「おはようございます！」

健也だった。その手には昨日の倍ほども大きな透明文字盤が抱えられている。

「これ、ゆうべぼくが自作したんですよ」

にこにこ笑いながら差しだした文字盤には、五十音のほか英文字や記号、数字、〝健也〟〝総太郎〟〝早紀〟といった名前や〝検査〟〝リハビリ〟〝診断〟など、二人の会話に使えそうな言葉がいろいろ盛り込まれている。

まだ空欄も残っているから新たな言葉も追加できるそうで、さすがは健也だ。感激しながら目

で文字を追い、

『す　ば　ら　し　い　！』

と褒《ほ》めた。

「これぐらいどうってことないですよ。ぼくが医者ならすぐ診断を下して本格的なリハビリをはじめられるんですけど、そうもいかないし」

いつになく悔しそうに唇《くちびる》を噛《か》むと、はっと我に返ったように、

「あ、すみません、余計なこと言っちゃって。では、今日も検査からはじめますね」

総太郎のパジャマの袖《そで》をまくりはじめた。

改めて健也のやさしさと献身ぶりに感じ入った。いまどき自作の介護ツールまで用意してくれる看護師などそうはいない気がする。健也だったら主治医の診断など待たずにリハビリをはじめてもらっても一向にかまわない。それが無理なら、早紀にバレないように別の医者を連れてきて再診断してもらえば話が早いと思うのだが、この際、健也に頼めないものか。

ふと考えていると、ルーティン検査を終えた健也が再び透明文字盤を手にした。いつもの雑談タイムにしようと思ったらしく、

「総太郎さんは昔、どんな若者だったんですか？」

初めて立ち入ったことを聞かれた。一瞬迷ったものの、親身に寄り添ってくれている健也だったらいいか、と思い直し、

『ち　ち　が　た　か　い　し　て　く　ろ　う　し　た』

中学時代、工場の事故で生活が一変したことを打ち明けた。

「大変な思春期だったんですね。ちなみに、その後はどうされたんですか？　記憶を掘り起こして脳の活性化を図ることは、リハビリの一環になるんです。時間はたっぷりあるので、もしよかったら今日から毎日、総太郎さんが歩んできた人生について、ちょっとずつ話してくれませんか」

思わぬ提案だった。しかもリハビリの一環となれば総太郎としても気合いが入る。この際、自分の過去を語ってみよう、と文字盤トークを日課にすることにした。

翌日は、高校を中退してバイトしながら芸人を目指したくだり。翌々日は、バイトを転々としたあげくに芸人の道を断念したくだり。つぎの日は、小さな広告代理店で営業成績トップになって会社を起業したくだり。文字を追いながら過ぎし日のエピソードを語っていると、眼球の筋肉も自然と鍛えられ、目の動きがどんどんスムーズになっていく。

こうなると文字盤トークがますます楽しくなる。毎日検査が終わるたびに夢中で語っているうちに、選挙ビジネスのくだりに差しかかった。ただ、選挙のエピソードにはダークな側面もある。無垢な健也青年に話していいものか躊躇《ちゆうちよ》した。ところが興が乗ってくるにつれ、逆に健也だからこそ話してもいいだろう、という気持ちが湧き上がり、内緒の話、と前置きした上で反省も込めて裏金の一件も打ち明けてしまった。

健也の態度に変化はなかった。回顧録のインタビュアーのごとく、うんうんとうなずいたり、わからない部分を問い返したりしながら、ときに真剣に、ときに楽しそうに根気よく聞いてくれた。そして総太郎が脳梗塞で倒れる直前の状況まで語り終えたところで、健也がふと黙り込んだ。

どうしたんだろう。不自然な沈黙を訝《いぶか》っていると、

「実は、ぼくの父も早く逝《い》ったんです」

と呟《つぶや》いた。そうか、そうだったのか、と瞬きを一回返すと健也は続ける。

「当時、ぼくは医科大学の三年生でした。中学時代に観た映画の影響で医者を目指していたんですが、ある日、父がクモ膜下《まくか》出血で急死したと母から知らされまして」

健也の父親は田舎《いなか》の雑貨店主で、けっして裕福ではなかった。なのに、せっかく息子が医学の道を志《こころざ》したんだからと、親族や金融機関から借金して仕送りしてくれていたのだが、それが止まってしまった。医科大学の学費は高額で、一人暮らしの生活費も必要になる。奨学金は簡単には借りられないし、バイトの掛け持ちで稼ごうにも、医科の授業や実習は深夜に及ぶことが多いからそれも難しい。

「結局は中退するしかなかったのが悔しかったんですが、そんなとき、看護師ならバイト掛け持ちで定時制の学校に通えば国家資格が取れると知ったんですね。医学の知識は下地があったし、まずは看護師になって医療現場の経験を積みながらお金を貯めて、中退した医科大学を再受験して復学しようと考えたんです」

実際、看護師の国家資格は働きながら取得できた。そこで都内の病院に勤めはじめたのだが、再受験の勉強もしなければならないため、夜勤がなくて、より給料がいい現在の訪問看護会社に

移って、いまに至ったという。

『が　ん　ば　り　や　だ　ね』

総太郎はまた褒めた。

「ていうか、ここで志《こころざし》を曲げちゃったら悔しいじゃないですか。何としても医者になって多くの患者さんを救ってあげたい。いまはそれしか考えていません」

きっぱり言い切ったその眼差《まなざ》しが眩しく映った。

そういえば、さっき健也が言っていた。ぼくが診断を下せれば、すぐに本格的なリハビリをはじめられるのに、と。あれも実は、何としても医者にならなければ、と彼自身を鼓舞《こぶ》する言葉だったのだと、いまにして気づかされる。

おれの人生って何だったんだろう。

総太郎は自問した。ただひたすら成功の二文字だけを追い求め、二人三脚で起業してくれた妻と子を放りだし、崖っぷちだからと易《やす》きに流れて法を逸脱《いつだつ》し、誠意も良心も踏みつけにして伸し上がってきた自分が、いまさらながら後ろめたくなった。


すっかりお見限りだった早紀が姿を見せたのは、それから数日後だった。何の気まぐれか、茶番の臨時取締役会から二週間ぶりのことになる。

看護の仕事を終えた健也が帰っていった直後の午後六時過ぎ。パタパタパタとスリッパの足音を鳴らしながら部屋に入ってくるなり、

「ねえ、早く来てよ」

苛《いら》ついた声でだれかに文句を言った。その声に急《せ》かされてもう一人、パタパタと足音を立てながら、

「そう焦んなよ」

不機嫌《ふきげん》そうな若い男の声が聴こえた。

いまや早紀の愛人と化している陸斗だった。わざわざ連れ立って何しに来たのか。会社で何かトラブルでもあったのか。ベッドに横たわったまま悪い想像をめぐらせていると、

「ぶつくさ言わないでよ。あたしだって、こんなとこに長居したくないんだから、さっさと探して帰ろ」

また早紀がせっつく。

こんなとこ、って言い方はないだろう。いかにもぞんざいな物言いにかちんときた。しかし逆に考えれば、いまだ早紀は総太郎に意識があると気づいていない証拠でもある。健也は総太郎との約束をちゃんと守ってくれている。そう思うと安堵《あんど》はするものの、ここまで露骨に早紀の本性を見せつけられるとやはり胸糞《むなくそ》が悪くなる。

といって、総太郎が閉じ込め症候群だとバレた日には、ますます厄介《やっかい》なことになる。ここは植物状態の体《てい》で、二人の本音に耳を傾けているしかないのが腹立たしいが、いまはめげることなく生き続けるしかない。

そう自分に言い聞かせていると、また陸斗が口を開いた。

「だけど、このレジデンスって入居しないまま三年も放っといたんだろ？　そんな空き家にわざわざ裏金なんか隠すかな」

その言葉に、はっとした。

どこから裏金のことがバレたんだろう。菓子折箱を渡した現場に居合わせただれかが漏らしたのか。あるいは菓子折箱を受け取っただれかが口を滑らせたのか。いまや社内はもちろん取引先などにも総太郎が植物状態だと伝わっていて、人の口に戸は立てられない状況になっているのかもしれない、と動揺していると、そうとは知らない早紀が陸斗に言い返す。

「馬鹿ねえ、空き家だからこそ隠したんじゃない。セレブ御用達《ごようたし》のレジデンスってセキュリティが半端ないの。だから、でっかい貸し金庫のつもりで隠したと思うわけ」

「でっかい貸し金庫ねえ」

陸斗が笑った。

「笑いごとじゃないって。億単位の裏金となったら下手なとこに隠せないじゃない」

「え、億単位もあるんだ」

「そりゃそうよ。ここぞってときに大物を口説くとなったら〝レンガ〟の五つ六つ、ぽんと渡さなきゃならないんだから、それぐらいはストックしてるはず。だからとにかく、さっさと探してちょうだい」

これには陸斗も射幸心《しゃこうしん》を煽《あお》られたのか、だったら探すか、とリビング脇にある寝室にパタパタパタと入っていった。

早紀はしばらくリビングの家具の引出しを開けたりソファを動かしたりして、一人でガサゴソやっていた。だが、どれだけ探したところで裏金など見つかるわけがない。ここに裏金を隠しているという発想自体が甘すぎるからだ。

仮にもこのレジデンスに隠していたら、税務調査が入ったら一発で発見される。税務調査官にとっては教科書通りの隠し場所だけに、即刻、脱税容疑で逮捕されるのが関の山だ。裏金をストックしはじめた当初ならともかく、そんな初歩的な過《あやま》ちを総太郎が犯すわけがない。

裏金を仮想通貨で隠していた時期もあったが、ハッキングに遭《あ》ってからはまたアナログに戻し、リスク分散と使い勝手を考えて都内九か所の秘蔵庫に保管してある。

コンニャク五枚の包みを常時三つ入れてある小口秘蔵庫が三か所。レンガ三個の包みを常時三つ入れてある中口秘蔵庫が三か所。座布団一枚の包みを常時一つ入れてある大口秘蔵庫が三か所。総額六億円以上になるが、ただし、すべての秘蔵庫に共通するパスワードは総太郎の頭の中にしかない。

したがって、わざわざ二四〇三号室を探し回ったところで見つかるわけがない。それでも二人はリビングと三つの寝室、ダイニングキッチンと二つのトイレと風呂場とウォークインクローゼットに至るまで、執拗《しつよう》に探し回ったあげくに、

「あの人のことだから床を剝《は》がして札束を敷き詰めたり、仕切り壁の合間に嵌め込んだりしてるのかも」

と早紀が言いだして床や壁をバンバン叩いて空洞がないか確認しはじめた。

この間抜けな家捜《やさが》しをいつまで続けるつもりだろう。ほかの居住者から苦情が来るんじゃないかと、ひやひやしながら騒音に耐えていると、ほどなくして陸斗が、

「なあ早紀、やっぱここにはないな」

投げやりに言った。早紀も不毛な宝探しに疲れてきたのか、

「やっぱここじゃないのかなあ」

一転して弱気な声を上げた。すかさず陸斗がたたみかける。

「だったら、もう探すのやめようぜ。豪邸と別荘とレジデンスと銀行口座はもうおれたちのもんなんだし、柴山企画だって会社ごと売り飛ばせばけっこうな財産になるじゃん。ヤバい金なんかなくたって、おれたち一生遊んで暮らせるんだからさ」

「だけど、まだ寝たきりさんが生きてるし」

「まあそれが困っちまうけど、ここがスイスだったらなあ」

ため息まじりに陸斗が漏らす。

「どういうこと？」

「スイスは安楽死が合法じゃん」

「ああ、そういうことか。寝たきりさんも可哀想《かわいそう》だけど、こっちだって早いとこ昇天してくれなきゃ困るしね」

平然と総太郎の神経を逆撫《さかな》でする。

「だったらこの際、だれかに頼んじゃうか」

「それはまずいよ」

「けど、ほかにも困ってる人はたくさんいるはずだし、バレないように手助けしてくれる人だっているとと思うけど」

「いるかなあ」

「たとえば訪問看護師とか」

「あの看護師はやらないわよ。やたら真面目《まじめ》っぽい男子だから、安楽死を手助けした看護師が逮捕された事件ぐらい知ってるだろうし」

「だったらパートの介護士は？　あのパートのおばちゃんは生活が厳しそうだから、札束を積んだら請け負うかも」

急に物騒な話になってきた。しかも陸斗は安楽死について携帯で検索しはじめたらしく、

「ほら、この闇サイトに痕跡《こんせき》が残らない方法とか書いてある。これなら請け負うほうも気が楽だと思うし」

早紀に闇サイトを見せているようだ。

「ああ、なるほどね。これなら意外といけるかも。陸斗、だれかに頼んでくれる？」

恐ろしいことを言いだした。

「ええっ、おれが頼むのかよ」

「だって妻のあたしが頼んだら、すぐバレちゃいそうだし」

「だったら早紀と付き合ってるおれだってヤバいじゃん」

「んもう、いっつもそうなんだから。たまには男らしく、おれにまかせとけ！　って胸を叩いてちょうだいよ。先週の夜だって六本木《ろっぽんぎ》で反社っぽい男に絡《から》まれたら、パーッと逃げちゃったし」

「それとこれとは別だろう。狡《ずる》いよ早紀、こんなときばっか」

いつしか喧嘩をはじめた二人の傍らで、総太郎は背筋が凍りつく思いでいた。

いまも二人は総太郎が植物状態だと思い込んでいるが、おれには意識があるのだ。お前らの悪魔の企みがちゃんと耳に届いていながら、声も上げられなければ体も動かせないでいるのだ。

おれはどうしたらいいいんだ！　どうすれば生き続けられるんだ！

いつにない恐怖に駆られて心の内で叫んだものの、傍《はた》からは無言で目を瞬かせているだけにしか見えない自分が哀《かな》しかった。


二人が帰って夜になっても、総太郎は一向に眠れなかった。

このままでは不貞妻とその愛人が残忍な委託殺人を実行に移すことは目に見えている。痕跡を残さず安楽死させる方法とやらが、どんなものかはわからないが、身動きできずに人知れずレジデンスに閉じ込められている総太郎の命は、もはや風前の灯火《ともしび》と言っていい。

おれはどうすれば生き続けられるのか。早紀たちが帰ってからも、常夜灯の薄明かりの中、混乱する頭で必死に考えた。

まず大事なことは、こうなったからには、総太郎が植物状態ではない、という事実は絶対にバレてはならない。もしバレた日には、早紀が早急に札束を積んで刺客《しかく》を差し向けてくるに違いないから、その前に一刻も早くこのレジデンスから脱出しなければならない。その上で別の主治医を見つけ、早紀たちに悟《さと》られない秘密の療養所に籠《こも》って早期快復を目指すしか総太郎が生き残るすべはない。

となれば、いますぐ手助けしてくれる人間を見つけなければならない。総太郎を脱出させ、別の主治医を見つけ、秘密の療養所を手配してくれる適任者はだれだろう。

真っ先に浮かんだのは健也だった。現状、総太郎にとって頼りになる人間は、もはや健也しかいない。明朝《みようちよう》一番、この危機的状況を打ち明けて泣きつくしかないのかもしれないが、いや、ちょっと待て。

そこまで考えて再び自問した。この先も健也は信用できるだろうか。いまどき健也ほど無垢な青年はめったにいないが、テレビドラマに登場する意外な真犯人は、概《おおむ》ね健也のような男だったりする。いま頃どこかで早紀から札束を積まれて豹変《ひようへん》していないとも限らない。それでなくても医師を目指して医科大学に再入学しようと奮闘している青年だ。無垢な心につい魔が差して、早紀の毒牙《どくが》にかかってしまう可能性だってなくはない。

じゃあどうしたらいいのか。健也以外におれを救出してくれる人間などいるだろうか。たとえば、介護士の千鶴子？　夜間の派遣ヘルパー？　あるいは健也が休みの日だけやってくる女性看護師？　うーん、だれをとっても、リスクだらけの救出仕事を請け負ってくれるとは思えない。

といって、ほかのだれかに助けを求めたくても、いまの総太郎にはどうしようもない。

考えるほどに思いは千々《ちぢ》に乱れてしまうが、やはり適任者は健也しかいない。いまや総太郎には、無垢な健也を信じて頼み込むか、疑心暗鬼のまま刺客に殺《や》られるか、その二者択一しかないわけで、ここは何としても健也に頼み込むしかない。医師を目指している健也のために報酬に糸目はつけないから、どうかおれを助けてくれ！　と無様に命乞《いのちご》いしてでも救出仕事を請け負ってもらわなければならない。

となると、つぎは報酬額だ。健也の心を動かすためにも、まずは救出仕事の経費も含めた着手金の額を提示すべきかもしれない。コンニャク五枚の包みが三つ、合計千五百万円隠してある小口秘蔵庫一か所の場所とパスワードを教えれば、それで着手金を引きだしてもらえる。

そしてレジデンス脱出と別の主治医の確保に成功し、秘密の療養所でリハビリして総太郎を快復に導いてくれた暁《あかつき》には、レンガ三個の包みが三つ、合計九千万円入れてある中口秘蔵庫の場所とパスワードを教えて成功報酬も支払う。

その総額は一億五百万円と高額報酬になるが、いまや総太郎の資産は時価総額二十億円余りに上る。その五パーセントほどを支払うだけで命拾いできるなら安いものだし、医師を目指して辛《しん》酸《さん》を舐めてきた健也への感謝も込めて大盤振る舞いしてやれば請け負ってくれるんじゃないか。

これぞ命を懸《か》けた一か八《ばち》かの勝負だ。あとは健也の気持ちで決まる。そう思うと薄闇のリビングで横たわっていても寝るに寝られず、瞼を閉じたまま悶々《もんもん》としているそのとき、突如、リビングの照明が煌々《こうこう》と灯った。

ぎくりとして目を開くと、夜間定期巡回サービスの派遣ヘルパーが足音を忍ばせてリビングに入ってきた。もうそんな時間か、と安堵したものの、ベッドに近寄ってきたのはいつもと違う男性ヘルパーだった。

まさか、この男が。突然の刺客到来か、と緊迫した思いでいると、男性ヘルパーは無言のまま総太郎のオムツを手際よく外して体の汚れを拭《ぬぐ》いはじめた。続いて着たきりのパジャマを着替えさせ、体位交換も手早く終わらせるなり、再び明かりを常夜灯に落としてそそくさと帰っていった。

やれやれ、と総太郎は胸を撫で下ろした。その瞬間、ふと腹が据《す》わった。こうなったら何が何でも健也を口説き落とさなければ、おれが生き長らえる道はない。いまやってきた派遣ヘルパーが仮にも刺客だったとしたら、すでにおれは息絶えているわけで、健也こそが生死を分ける救世主なのだと心して捨て身で口説き落とすしかない。

ようやく腹が決まったからだろう。忘れていた眠気がよみがえってきた頃には、薄っすらと夜が明けはじめていた。


「おはようございます！」

いつもの元気な声で、はっと目覚めた。

気がつけば時計は朝八時。待ちに待った健也が、ナースバッグと透明文字盤を手に朝陽が射すリビングに入ってきた。

いよいよだ。総太郎は寝起きの自分に気合いを入れて、ベッドの傍らにやってきた健也に渾身《こんしん》の瞬きを送った。

「どうしました？　総太郎さん」

健也が小首を傾げ、ルーティン検査より先に透明文字盤を立ててくれた。すかさず総太郎は文字に視線を走らせた。

『は　な　し　が　あ　る』

その直截《ちょくせつ》な物言いから異変を察してくれたのだろう。健也が居住まいを正して総太郎の目を見据え、

「何かありました？　そういえば、いつもより寝不足のように見えますが」

言葉を選びながら問いかけてきた。総太郎はもう一度瞬きを送り、

『な　が　い　は　な　し　だ　が　き　い　て　ほ　し　い』

と前置きして、のっぴきならない命の危機に至った経緯《けいい》を話しはじめた。

健也はすぐさまメモ帳を手にして、わかりにくい言葉があれば一文字一文字再確認しながら、総太郎の訴えかけを辛抱《しんぼう》強く聞いてくれた。

まずは脳梗塞で倒れて意識が戻った直後にレジデンスに移送されたくだりからはじめて、早紀と陸斗が不倫《ふりん》関係に陥っていた悔しさを訴えかけた。

この不貞行為に加えて、ここにきて早紀は病魔に侵《おか》された夫を不都合な存在として抹殺《まっさつ》しようとしている。その妻と若い愛人の非道な計画に総太郎は驚愕《きょうがく》すると同時に、いまや一刻も早く二人の魔手が及ばない場所へ脱出しなければ命を奪われる、という絶体絶命の危機に直面している。

そこで健也の手助けが必要だ。このリビングから秘密裏に総太郎を連れだし、人知れぬ療養所に移送。新たな主治医に正しい診断を下してもらい、健也のリハビリテクニックでぜひ快復へ導いてほしい。

ただし、この救出劇には大きなリスクが伴う。医師を目指している健也の今後にも多大な影響を及ぼすだけに、総太郎としては、健也の将来も見据えて破格の謝礼を用意した。その総額は、着手金と成功報酬を合わせて、

『一　お　く　五　ひ　ゃ　く　ま　ん　え　ん』

と見積もったことを伝えて健也の反応を窺った。

そんなにですか！　と驚かれると思った。ところが、意外にも健也は無言のままでいる。一億五百万円と伝えた瞬間だけは、かすかに目元が動いたものの、冷静な態度を崩さないでいる。

これでも、かなりの気合いを入れた金額を提示したつもりなのに、あまりの手応えのなさに不安になった。無垢な青年には破格すぎて実感が湧かないんだろうか。あるいは、金額が突拍子《とつぴようし》もなさすぎて本気にされていないのか。

総太郎は慌てて念押しした。

『も　う　い　ち　ど　い　う　き　み　の　ほ　う　し　ゅ　う　は　一　お　く　五　ひ　ゃ　く　ま　ん　え　ん　だ』

それでも健也は表情を変えないまま、しばらく考え込んでいたかと思うと、

「すみません、ちょっと信じられません」

掠《かす》れた声でようやく言葉を発した。

健也にしてみれば、妻という最たる身内に裏切られた寝たきりの総太郎が、それほどの大金をどこから調達して、どう支払ってくれるのか、俄《にわ》かには信じられないと言うのだった。総太郎が追い詰められている気持ちもわからなくはないが、いまの話を聞いただけで訪問看護会社の仕事を投げだし、多大なリスクを背負って救出劇に踏み切ることは、あまりにも荷が重すぎる、と。

『か ね は ひ み つ の ば し ょ に か く し て あ る し ん じ て ほ し い』

総太郎はたたみかけた。

すると健也はふっと目を逸《そ》らしたかと思うと口を閉ざしてしまった。やはり、間違いなく報酬を手にできる、という確証がなければ安請け合いはできないということだろう。

だが、こっちだって掛け替えのない命が懸かっている。こんなベッドに横たわったまま、みすみす殺されるわけにはいかない。何が何でも生き残って、裏切り者の妻と若い愛人に一矢報《いっしむく》いてやらなければ死んでも死にきれない。

『ほ ん と う に か く し て あ る お ね が い だ か ら た す け て く れ ！』

目元を潤《うる》ませながらさらに文字盤に視線を走らせ、恥も外聞《がいぶん》もなく泣きついた。

するとと健也がひとつ大きなため息をついてから、

「そこまでおっしゃるんでしたら教えてください。そんな大金をどこに隠しているんですか？

どうやってぼくに支払ってくれるんですか？　はっきり言って、こんなぼくにも生活があります。将来の展望だってあります。今後の人生が間違いなく保障されると確信できなければ、申し訳ありませんが、やはり動くわけにはいきません」

きっぱり告げられて総太郎はたじろいだが、だからといって諦《あきら》めるわけにはいかない。高校中退の芸人崩れが、なりふり構わずここまで成り上がってきたのだ。狡猾《こうかつ》極まりない早紀や陸斗ごときに意地でも殺されるわけにはいかない。

こうなったら、おれの本気度を証明するためにも、ほれこの通り、と現金を突きつけてみせるしかない。ただ、この体では突きつけようにも突きつけようがないし、どうしたものか。

考えた末に、ひとつの結論に達した。この際、都内の小口秘蔵庫三か所から金を引き出す方法を教えてしまうのはどうだろう。コンニャク五枚の包み九つで四千五百万円、と着手金の大幅増額になってしまうが、おれが生き延びるためなら安いものだ。万が一、着手金を引き出すなり逃走される可能性もなくはないが、ここはもう無垢な健也青年を信じるしかない。

腹を括《くく》った総太郎は、着手金を四千五百万円に増額すると伝えた上で満を持して、

『こ　う　す　れ　ば　四　せ　ん　五　ひ　ゃ　く　ま　ん　え　ん　ひ　き　だ　せ　る』

と告げて小口秘蔵庫三か所の場所と共通パスワードを教えた。

すかさず健也がベッド脇から立ち上がった。

「ちょっと待っててください」

そう言い置くなりナースバッグを手にリビングから飛びだしていった。

そのまましばらく健也は帰ってこなかった。おそらくは総太郎の言葉通り着手金が引きだせるか確認に行ったのだろうが、ちゃんと戻ってくるだろうか。まさか持ち逃げするつもりじゃないのか。

急に不安になって、じりじりしながら待ち続けていると、二時間ほど経《た》った頃、再びリビングのドアが開いて健也が足早にベッド脇に近づいてくるなり、

「最後の仕事にかかります」

ぽつりと告げて、いつものルーティン検査をひと通り済ませて記録をつけ終えてから、ナースバッグの中をごそごそ探って何か取りだした。

酸素吸入器のようだ。何をはじめるつもりだろう。いまさら酸素吸入とは、どういうことだ。不吉《ふきつ》な予感を覚えつつ健也に向かって懸命《けんめい》に瞬きを送った。すると、総太郎に吸入マスクをあてがおうとしていた健也がふと手を止め、

「総太郎さんが三千万円も増額してくれたことはとても嬉しかったし、心が動きました。でも、遅すぎました」

淡々《たんたん》とした表情で告げられた。

遅すぎた？

総太郎が戸惑っていると、健也は遠くを見る目になって思わぬことを語りはじめた。

「実はぼく、早紀さんが以前所属していたコンパニオン派遣事務所のメンズコンパニオンをやっ

てたんですね。高齢者の大物が集《つど》うパーティの席では酒で体調を崩す人もけっこういるので、看護師をやってるぼくに目をつけた早紀さんが、副業をやらないかって誘ってくれたんです。いまどきは看護師の給料だけじゃ厳しいから、ぼくも週一程度ならって喜んで手伝ってたんですけど、そんな縁もあって総太郎さんが脳梗塞で倒れた翌日、早紀さんから電話がきて夫を看護してくれって頼まれたんです。しかも報酬は五千万円って言われて、マジで驚いちゃいまして」

聞けば、早紀はその日、総太郎が担《かつ》ぎ込まれた病院の医師から〝ご主人は閉じ込め症候群だと思われます〟と診断結果を伝えられた。病室で療養しながらリハビリを頑張れば快復の可能性がある、とも言われたが、早紀は〝自宅療養させます〟と言い張ってレジデンスに移送してきたのだという。

つまり早紀は、当初から総太郎に意識があると知っていたにもかかわらず、レジデンス療養を強行した。しかも、総太郎には閉じ込め症候群だと悟られないよう、コンパニオン時代の友人に報酬を払ってケアマネージャーを演じさせ、植物状態だと診断された、と総太郎に思い込ませた。

さらには、健也にも高額報酬を約束して無垢で献身的な看護師を演じさせ、総太郎を手懐けさせた。介護士の千鶴子と夜間の介護ヘルパーは何も知らずにいるそうだが、

「ぶっちゃけ、早紀さんは閉じ込め症候群と診断が下った瞬間から、総太郎さんを安楽死させようと計画してたんですよ」

と薄ら笑いを浮かべる。

なぜ健也は、こんな得意顔で驚愕の内幕を打ち明けているんだろう。衝撃の告白にショックを受けながらも不思議に思った。無垢で献身的な看護師をまんまと演じ切った自分に酔っているんだろうか。真犯人は饒舌《じょうぜつ》になるとはよく言われることだが、それを地でいっているんだろうか。

不可解な思いに駆られながらも健也の告白に耳を傾けていると、なぜ早紀は総太郎が閉じ込め症候群と知りながら健也に無垢な看護師を演じさせたのか、その理由も明かした。

一番の理由は、早紀が会社の実権を握るためだった。そこで役員三人には本当の病名を告げて、総太郎には意識があるから臨時取締役会は成立する、と強弁して代表取締役社長代行の座を手中にした。

もう一つの理由は、総太郎が隠し持っている裏金の在り処《あか》を探りだすためだった。まずは総太郎の信用を勝ち取った健也に、実は閉じ込め症候群の可能性がある、と頃合いを見て打ち明けさせた。一方で早紀は、総太郎が植物状態だと思い込んでいる体《てい》で陸斗との不貞関係をさらけだしたり、臨時取締役会を強行したり、裏金を探して家捜ししてみせたり、あげくには陸斗と安楽死を語ってみせたりして、早紀への憎悪《ぞうお》と刺客に狙われる恐怖を煽り立てた。

結果、総太郎は憎悪と恐怖の果てに、裏金の在り処を健也に教えざるを得ない状況に追い込まれてしまった。まさに早紀の企み通りに運んでしまったわけで、さらに健也は続ける。

「実はさっき、寝室から早紀さんに電話して、裏金の隠し場所と共通のパスワードを伝えたんですね。すぐに早紀さんが陸斗さんと一緒に確認しに行って、裏金を見つけたって電話がきました。ほかの隠し場所も類推できそうだし、上出来よ、って褒められちゃいました」

にやりと笑った健也を殴り殺したくなった。

どうせ総太郎は死ぬんだ、とばかりに悪びれる様子もなく語ってみせる若造を前に、総太郎の脳内は悔しさと遣《や》りきれなさで爆発しそうなほど沸騰《ふっとう》していたが、だからといって、この動けない体ではどうしようもない。

早い話が自業自得《じごうじとく》というやつなのだ。そもそも総太郎は出会いのときから早紀の手玉に取られていたわけで、

「二回りも若い娘と再婚なんて、財産目当てに決まってんだろ」

と周囲から囃《はや》し立てられるたびに、お前らとは次元が違う愛なんだよ、と笑い飛ばしてきた。なのに、いざとなったら定石《じょうせき》通りにしてやられ、コンパニオン仕込みの早紀流接待術の餌食《えじき》にされてしまった。

要は、クラスの三番手に甘んじていた少年が、とにかく一番になりたい、と金に執着《しゅうちゃく》して我武者羅《がむしゃら》に成り上がってきたあげくの末路が、これだったのだ。

「そんなこんなで、ぼくとしても正直、一億三千五百万円をみすみす逃すのはもったいないとは思ったんですけど、総太郎さんを救出して先々の快復を待つよりは、目先の報酬五千万円をものにしたほうが手っとり早いですからね。一度、こういう経験をしておけば、今後もこの手のおいしい話が舞い込んでこないとも限りませんし、そこはまあ総太郎さん、運が悪かったと思って勘弁してください」

無垢な青年ならけっして口にしない台詞《せりふ》を平然と吐くと、おっと時間がない、と健也は再び酸

素吸入器の吸入マスクを手にした。もう二時間ほどで介護士の千鶴子がやってくるから、そろそろ決着をつけなければ、と吸入マスクを総太郎の口にぴたりとあてがう。

途端に怪しげな気体が総太郎の気管に侵入してきた。酸素ではない。吸ったらヤバい気体に違いない、と激しく動揺したものの、もはや逃れようがない。そのまま数分間、謎《なぞ》の気体を吸い込まされたところで、健也がひょいと吸入マスクを外して言った。

「あとは辛《つら》いことも苦しいこともないまま静かな眠りに落ちて、二時間ほどで総太郎さんは危篤《きとく》状態に陥ります。その頃には介護士の千鶴子がやってきて異変に気づいて、早紀さんと主治医に知らせることでしょう。そして主治医が駆けつけてきて死亡宣告され、警察の検視も行われるかもしれませんが、いま吸った気体の痕跡は一切残っていません。もしぼくが事情聴取されても、ルーティンの検査記録はちゃんと残してあるので、まず間違いなく総太郎さんは自然死と判定されます。どうかご心配なく」

何をご心配なくなのか意味がわからなかったが、最後まで得意げに告白し続けた健也は、ずっと演じてきた無垢な青年の口調のまま、

「では、いい旅路《たびじ》を」

さらりと言い放つなりリビングから出ていった。

ほどなくして総太郎の意識の底が、ほんわかと麻痺しはじめた。このまま眠りに落ちたら二時間後には黄泉《よみ》の国というわけか。健也が言っていたように辛さも苦痛もまったくないものの、不意に、言葉にできない虚《むな》しさがこみ上げてきた。

結局、卑怯《ひきよう》で狡賢《ずるがしこ》いやつらだけが生き残るこの世にあって、おれも卑怯で狡賢いやつらに遺棄《いき》されていく。おれ自身、逃げた先妻の結花を追いかけもせず無慈悲《むじひ》に捨て去ったように、今度はおれが後妻の早紀にしてやられて死んでいく。

おれの人生って何だったんだろう。時価総額二十億円余りの資産に何の意味があったんだろう。

自責の念に押し潰されそうになっているそのとき、老舗和菓子店の菓子折箱が脳裏に浮かんだ。あの菓子折箱さえ手にしなければ、もっと違う人生になっていたかもしれない。もっと違う死を迎えていたのかもしれない。

苦々しい過去をいま一度振り返っているうちにも、総太郎の脳内は徐々に睡魔に支配されはじめ、いつしか、ふわりふわりと意識が遠退《とおの》いていった。

第四話

ミリヤ先生

気がつけば午後四時半を回っている。

今日は新人コンシェルジュの佳織《かおり》が病欠し、午後からは男性コンシェルジュの竹内《たけうち》主任も外出してしまった。必然的に木野内亜耶《きのうちあや》がワンオペでやらざるを得なくなったため、いつになく慌《あわ》ただしく時間が過ぎてしまった。

コンシェルジュという名の『レジデンス悠々《ゆうゆう》』のフロント業務に就《つ》いて一年余りになるが、週に二回はこういう日がある。なにしろ日々制服姿でこなす業務内容は多岐《たき》にわたる。

宅配便の受け渡し、クリーニングの受け渡し、共有施設のレストランや多目的ルームなどの予約、タクシーの手配、ゲスト用駐車場の管理、自治体のゴミ処理券やゴミ袋の代理販売、電気系統や水回りの修理修繕の手配、共有設備のトラブル対応などなど。

挙げたらきりがないだけに、うかうかしていると定時の午後五時までに処理しきれず、夕飯の買い物が間に合わなくなる。今日こそは、さっさと夜勤スタッフへの引き継ぎ事項をまとめて定時退勤しよう、と亜耶は急ぎフロント業務用のパソコンを打ちはじめた。

そのとき、だれかがエントランスに入ってきた。一〇〇五号室の熊谷登紀子《くまがいときこ》だった。午前中に出掛けるときは地味なグレーのスーツ姿だったのに、ばっちりメイクできつい香水を香らせ、社交ダンスの衣装のように派手なライトグリーンの服を着て大きな紙袋を両手に提《さ》げている。

いつ着替えたんだろう。不思議に思いながら見ていると、亜耶の視線に気づいた登紀子がフロントに近づいてきた。

「お帰りなさいませ。その素敵なお召し物、どうなさいました?」

亜耶は作り笑いを浮かべて声をかけた。

「あら、気づいた?」

登紀子は嬉《うれ》しそうに微笑《ほほえ》み、くるりとバレリーナのごとく一回転してみせると、

「あたしもそろそろ生まれ変わろうと思って、ショップで買ってすぐ着替えてきたの」

これ、いま注目のブランドなのよ、と紙袋を床に置いて得意げに説明しはじめる。

正直、聞いたことのないブランドだった。やけに派手派手しい色合いで胸元にリボンをあしらったデザインが強烈すぎて亜耶は引いてしまったが、それでも、まあ、素晴らしいですね、と笑顔で相槌《あいづち》を打ちながら、今日も夕飯が遅くなる、と内心嘆息《たんそく》した。

おしゃべり好きの登紀子の話は、いつも長引く。といって無下《むげ》に追い返すわけにもいかない。居住者の安否確認も兼ねて行き帰りには極力声をかけて、さりげなくコミュニケーションを取るのも仕事のうちだ、といつも竹内主任から言われている。

「主人がちょっと調子を崩しちゃってて」

といったひと言から緊急事態に備えたり、

「最近、水道の出が悪くてねえ」

と聞いて施設のトラブルに気づいたりできる声かけと軽い雑談は、居住者サポートに欠かせない業務とされている。

もちろん、全二百六十戸もあるレジデンスだけに無言で通り抜けていく人も多く、すべての居住者の動向を把握《はあく》しているわけではない。ただ、登紀子のようなおしゃべり好きもけっこうい

て、それはそれで貴重な情報源になるのだが、今日みたいな日は会話の切り上げ方に苦労する。どう切り上げよう。こんなときに限ってブランド自慢が止まらない登紀子相手にやきもきしていると、

「お疲れさまでーす！」

宅配便の配達員が台車を押しながら入ってきた。居住者から依頼された発送荷物の集荷だった。しめたとばかりに亜耶は、

「登紀子様、すみません。またの機会に詳しく教えていただけると嬉しいです」

恐縮顔で一礼し、接客カウンターの奥に山積みしてある段ボール箱を一つ、よいしょと持ち上げた。ふだんは配達員まかせにしているのだが、あえて台車まで運んでみせると、登紀子は残念そうに、

「いつも大変ね。じゃ、また」

と再び大きな紙袋を両手に提げてエレベーターホールへ歩いていった。

ほっとした亜耶は残りの荷物は配達員にまかせ、再びパソコンに向かって引き継ぎ事項を打ち終えた。そこに夜勤の男性スタッフが出勤してきた。これで夕飯の買い物に行ける。急いで裏手の更衣室で私服に着替えて、エントランスを飛びだした瞬間、はっと足を止めた。間が悪いことにまた帰宅してきた居住者と出くわしてしまった。

「お帰りなさいませ」

いつも通り頭を下げた相手は、偶然にも登紀子の夫、邦彦《くにひこ》だった。薄くなった頭によれよれの

帽子《ぼうし》を被《かぶ》り、よれよれのシャツによれよれのズボン。くたびれたこの格好からは想像もつかないが、現役時代は大手証券会社の役員だったらしい。

とっさに亜耶は愛想《あいそ》笑いを浮かべ、

「さきほど奥様も帰宅されて、素敵に変身してらっしゃいましたよ」

お楽しみに、と言い残して立ち去ろうとすると、邦彦が忌々《いまいま》しげに呟《つぶや》いた。

「またリボンコンサルか」

リボンコンサル？　登紀子が胸元で結んでいたリボンのことだろうか。意味がわからずきょとんとしていると、

「まあ困ったもんでねえ」

めずらしく邦彦がぼやいてみせる。

登紀子と違っていつも口数の少ない邦彦が、どうしたのか。守秘義務を徹底しつつ居住者の家庭状況を把握しておくことも、コンシェルジュの仕事のうちだ。

「何かお力になれることがあれば」

そう言いかけたが、

「い、いやすまんね、今日もお疲れさん」

邦彦はひょいと片手を上げるなり、そそくさとエントランスに入っていった。

買い物袋を手に小走りで自宅マンションに駆け込むと、

「ママ、腹減った！」

小学四年生の一人息子、幸樹《こうき》が口を尖《とが》らせていた。

今日は週二回通っているスイミングの日で、下校後、夕方五時まで泳いでいたそうで、

「冷蔵庫が空っぽだったから、マヨネーズ食って待ってたんだぞ！」

とむくれている。

「ごめんね、今日もいろいろ忙しかったから」

謝りながら手早く作れるオムライスを卵三個と大盛りご飯で作ってやると、がつがつとかっ込むようにして瞬《また》く間に食べ終えて、

「もっとないの？」

不満げに催促《さいそく》する。

ママ友からもよく聞く話だが、幸樹の食欲は小四になった途端、大爆発した。朝はどんぶり飯に生卵とふりかけをかけてぺろりだし、昼の学校給食は二度三度とおかわりしているらしい。それでも夕食ではどんぶり飯二杯を当たり前のように平らげてしまうのだから底無しの食欲だ。

仕方なく、もう一人前オムライスを作ってやると、それもまたぺろり。この調子では今月も食費オーバーは間違いない。幸樹にはスイミングのほか塾にも通わせているだけに、夫婦共働きで頑張《がんば》っていても毎月赤字になる。なのに給料は上がらず税金と物価だけは上がりっぱなしだから、こつこつ貯めてきた預金は目減りする一方だ。

結婚当初は、子どもは二人ぐらいほしいよね、と言っていたのに、とても二人目を産むどころ

ではない。老後を迎えて悠々自適のレジデンス居住者は、ブランド服やら輸入車やらを平気で買って、豪勢な海外旅行に出掛けたりしているのに、そんな生活は夢のまた夢。平日は仕事に追われ、休日は溜《た》まった家事に翻弄《ほんろう》されている自分が不憫《ふびん》でならなくなる。

そんな母親の苦労も知らず、腹を満たした幸樹はしばらくゲームで遊んでいたかと思うと、泳ぎ疲れのためか午後九時前には自室に引っ込んで寝てしまった。幸樹にはこの先、中学高校大学とお金がかかりっぱなしだし、あたしの老後はどうなっちゃうんだろう。漠然《ばくぜん》とした不安に駆られるほどにどっと疲れが出て、あたしも早寝しちゃいたい、と捨て鉢な気分になるが、まだ寝るわけにはいかない。

帰宅が遅い和食好きの夫、健一郎《けんいちろう》のために、疲れた体に鞭《むち》打って鯖《さば》の煮付けとキンピラゴボウを作った。ついでに明日の朝食の準備もして、最後に風呂掃除をして健一郎を待っていると、夜十一時半過ぎにようやく帰ってきた。

早速、食卓におかずを並べはじめると、

「めしは食ってきた」

酒臭い息を吐きながら健一郎が言った。

「やだもう、せっかく作っといたのに」

「得意先から急に誘われちゃったんで、断りきれなくてさ」

機嫌《きげん》を損ねたら売上げに影響するから仕方ないんだ、と赤ら顔で釈明する。だったら電話ぐらい入れてよ、と文句を言っても、

「これでも毎日夜遅くまで必死こいて働いてんだ。酒に付き合わなかったぐらいで給料が下がったら、おまえだって困るだろう」

脅《おど》しつけるように言い放つ。たまらず亜耶は言い返した。

「いつもそう言うけど、あたしだって必死で働いてるんだからね」

「それはそうだろうけど、外回りの営業ってのは半端なくきついんだぜ。年寄りに愛想を振りまいてりゃいい受付係とはわけが違うんだ」

顔をしかめて吐き捨て、スーツを脱ぎ捨てるなり寝室に引っ込んで寝てしまった。

結局、健一郎は亜耶の仕事にその程度の認識しかないのだ。契約社員ながらもビジネススキルとコミュニケーション能力と臨機応変な対応力まで求められるフロント業務に日々追いまくられ、帰宅後も家事と子育てに孤軍奮闘している亜耶のことなど、これっぽっちもわかっていない。

いまどきのメディアは〝最近の若い夫は、仕事も家事も子育ても当たり前にこなしている〟といった妄言《もうげん》を振りまいているけれど、その実態はこんなものだ。結婚直後こそ妄言に倣《なら》って家事の真似事をやっていた健一郎も、半年後にはいまと同じになっていた。〝うちは家事も子育ても完全分業制なのよ〟とマウントを取りにくる近所のママ友もいなくはないが、現実は甘くない。

まったくもう。考えるほどに腹が立ってくるが、もはや怒ることすら面倒臭い。募《つの》る怒りを無理やり抑《おさ》え込んだ亜耶は、健一郎がいる寝室は避けて、部屋着のまま居間のソファにごろんと横になった。

一〇〇五号室の熊谷登紀子宛てに大きな荷物が届いたのは、翌日の朝十時過ぎだった。けさも亜耶はぎりぎりの時間に出勤し、その後は新人コンシェルジュの佳織と二人態勢で対処してきたのだが、家具センターの二人の配達員が二台の台車を使って運んできたのは、キングサイズの電動ベッドだった。昨日は元気そうだった熊谷夫婦に、何か起きたんだろうか。心配しながら一〇〇五号室に内線電話を入れて確認すると、夫の邦彦が何事もなかったかのように応答し、

「え、うちにキングサイズの電動ベッド？」

声を上げるなり、うーん、と黙り込んでしまった。

「あの、もしお心当たりがないようでしたら、受け取り拒否もできますが」

念のため付け加えた。

「いや、一応、けさから遠方に出掛けた女房に電話で確認してみるんで、ちょっと預かっといてもらえんだろうか」

そう言われて配達員に帰ってもらうと、隣で聞いていた佳織が言った。

「亜耶さん、電動ベッドにもキングサイズがあるんですね」

「あたしも知らなかったけど、こんなの初めてよ。夫婦で寝たきりなんてめったにないし、仮にそうなってもベッドは別々だろうし」

セレブって謎《なぞ》よね、と声をひそめて言い添えて、佳織に手伝ってもらって幅百八十センチ×長

さ百九十五センチもある巨大なベッドを台車ごと壁際に移動させていると、内線電話が鳴った。すかさず亜耶が飛んでいって応答すると、

「ああ、やはり女房が買ったものらしくてね。すまんが部屋まで届けてもらえんかな」

さっきの邦彦からだった。

こういうときはバイトの警備員、西村《にしむら》の出番だ。フロントは佳織にまかせて西村と二人でエレベーターにベッドを載せ、十階の一〇〇五号室まで運んでいくと、

「こんなにでっかいものなのかね」

邦彦も目を白黒させている。

実際、横に立てて運び入れても玄関の高さぎりぎりとあって、西村と声をかけあいながら慎重に搬入した。

ところが、いざ玄関に入ると廊下が段ボール箱で埋め尽くされていて先に進めない。

「あの、お引越しされるんですか?」

思わず尋《たず》ねた。

「いやすまんね、その段ボール箱も全部、登紀子宛てに届いたものでね」

邦彦は恐縮しながら、段ボール箱をリビングに移動しはじめる。

言われてみれば、ここ最近、登紀子宛ての荷物がちょくちょく届いている気がする。佳織と竹内主任が預かったものも合わせれば、かなりの量にはなるはずだが、まだ開封していないものが大半だというから驚く。

仕方なく亜耶たちも手伝って廊下の段ボール箱をリビングや和室に移動して、いざ寝室に入ってみると、セミダブルのベッドが二台並んでいるそこにも、未開封の段ボール箱や大きな紙袋が所狭しと置かれている。

どんだけ買い物好きなの？　と呆《あき》れながら、溢《あふ》れ返る段ボール箱と紙袋を壁際に積み上げたり、リビングや和室に移動したりしたものの、二台のセミダブルベッドを退《ど》かさなければ電動ベッドは置けないとわかった。

さてどうしたものか。西村と二人で困惑《こんわく》していると、邦彦が申し訳なさそうに言った。

「電動ベッドは横に立てたまま、空いてる場所に置いといてくれるかな。そんなでっかいやつは、どうせ使わんし」

亜耶と西村は顔を見合わせた。

熊谷夫婦に何かあったんだろうか。さすがに心配になったが、これ以上、居住者のプライバシーに踏み込むわけにもいかない。西村を促《うなが》して帰ろうとすると、ちょっと待ってくれ、と邦彦が冷蔵庫からペットボトルのお茶を持ってきて、手間をかけたね、と亜耶と西村に一本ずつ手渡し、

「恥ずかしいところを見せてしまったが、このところ女房が、やたらあれこれ買い込むようになったもんだから、正直、困っちゃってってねえ」

と口元を歪《ゆが》めている。

そういえば、買い物依存症という病気があると聞いたことがある。仮に登紀子がそれだとした

ら、心理カウンセラーの資格も持っている健康相談室の女医、君嶋先生を紹介したほうがいいかもしれない。

亜耶がふと考えをめぐらせていると、

「いや、べつに依存症とかその手の病気とは関係なくてね。実はリボンコンサルが」

邦彦が言いかけたところに電話が鳴った。ベッドサイドに置かれている固定電話の子機だった。すかさず邦彦は子機を手にして、もしもし、と応答しながら寝室から出ていった。

リボンコンサルって何だろう。

亜耶は訝《いぶか》った。昨日と同じ不可解な言葉に戸惑《とまど》っていると、ほどなくして電話を終えた邦彦が戻ってきて、

「出先の女房からだったんだが、また後日、あれこれ荷物が届くそうだ」

と言うなり、やれやれとばかりに嘆息した。


言葉を選ばずに言えば、シニアとの付き合いほど面倒臭いものはない。

その人物の好《よ》い部分も悪い部分も、突出した部分も劣化した部分も、温かい部分も冷たい部分も、やたらデフォルメされて突きつけられるストレスたるや生半可《なまはんか》ではない。自分のメンタルに常にフィルターを装着して接していないと、無意識のうちに心的ダメージが蓄積《ちくせき》されてしまう。

といって、どんなフィルターをメンタルに装着すればいいのか、と考えるとこれまた難しい。ちょっとした会話を交わすにも、薄皮一枚隔《へだ》てて話したり聞いたりする距離感を意識しつつ、フ

レンドリーかつ和《なご》やかな空気感をまとっていなければならないから一筋縄ではいかない。

それだけに、このレジデンスのコンシェルジュになって以来、シニア相手の微妙な距離感と空気感を体得できるまでは何度となくメンタルにダメージを受けてきた。それに耐え切れず短期間で辞めていったコンシェルジュも何人かいたが、不思議なもので、一度体得してしまうとメンタルが自動的に保護膜で覆《おお》われる仕組みが備わってくる。性格に難があるシニアに対しても半歩距離を置いた意識で接せられるようになって、多少痛手を受けてもどうにか立ち直れる。

ところが、今回は何かが違う。このところの登紀子からは得体の知れない圧が感じられる。それが何なのかは特定できていないが、メンタルの保護膜を意識的に分厚くしておかないと、思わぬとばっちりを受ける気がしてならないし、仮にもそうなったら最悪の事態に陥《おちい》る危険性を感じる。

それでなくても亜耶は、私生活でもストレスを抱えている。下手したら公私両面の軋轢《あつれき》でメンタルが圧《お》し潰《つぶ》される可能性すらあるだけに、どう振る舞ったものかわからなくなる。

実際、昨日は午後になってまた別の輸入家具業者から、イタリア製のソファセットとドレッサー、チェコ製のシャンデリアが届いた。そのどれもが、すでに熊谷家には立派なものが置いてあるのだが、登紀子が再び買ったため、また西村と一緒に段ボール箱や紙袋を移動しまくって家の中に運び込む騒ぎになった。

おかげで、またしても帰宅が遅くなった。むくれる幸樹をなだめつつ冷凍うどんをレンチンして食べるはめになっただけに、もう熊谷家には関わり合いたくない。明日からは無視してルーテ

イン仕事に徹しよう、と亜耶は腹を括《くく》り、

「今夜からママも早寝するね」

と幸樹に宣言し、健一郎の帰宅を待たずに入浴して早々とベッドに潜り込んだ。

そんな割り切りと早寝が功を奏したのか、けさは心地《ここち》よく目覚められ、すぱっと気分を切り替えてレジデンスに出勤できた。

仕事のほうも今日は竹内主任と佳織がいる三人態勢だったばかりか、午前中はタクシーの手配やゴミ袋の代理販売といった簡単なものが大半だった。午後には水漏《みずも》れ騒ぎが一件あったものの、竹内主任が懇意《こんい》にしている修繕スタッフが素早く対処してくれたおかげで、あとはクリーニング業者に衣類を受け渡したり、飛び込みのセールスマンを追い返したり、と平穏《へいおん》無事に夕方を迎えられた。

今日こそ早く帰れそうだ。せっかくだから久しぶりに幸樹が好きなビーフカレーを作ってあげよう。いつになく母性も湧《わ》き上がり、夜勤スタッフへの引き継ぎ事項を早めにまとめようとパソコンに向かった直後に、不吉《ふきつ》な気配を感じた。

顔を上げると、紫地に金銀をちりばめた着物をまとった登紀子が、特大のキャリースーツケースを引いてフロントに近づいてくる。

「お帰りなさいませ、登紀子様」

真っ先に声をかけたのは佳織だった。ここ数日、残業続きの亜耶を気遣《きづか》ってくれたのだが、当の登紀子は佳織には見向きもせず、一直線に亜耶のもとへやってきて、

「京都にお出掛けしてきたのよね」

とキラキラに輝く着物を見せびらかすようにしてポーズを決めてみせる。

そういえば昨日、女房は遠方に出掛けている、と邦彦が言っていたが、実は西陣織《にしじんおり》の老舗《しにせ》呉服店を訪ねて買い揃えてきたのだという。これまでも地味な着物は何着か持っていたものの、思いきって煌《きら》びやかな訪問着に買い替えようと決めて、奮発しちゃったのよ、と満面に笑みを浮かべている。

正直、無視したかったが、こうなると相手をしないわけにはいかない。

「素敵なお着物ですねえ」

心にもないお世辞を口にするなり、亜耶は忙《せわ》しげに再びパソコン画面に視線を落とした。それでも登紀子のおしゃべりは止まらない。

「その呉服店は、実は知る人ぞ知る一見《いちげん》さんお断りの会員制なのね。でも今回はミリヤ先生のご紹介で、ふつうじゃまず買えない特別仕様の西陣織ばっかり取り揃えてくれてたから、もう大感激よ。つぎに訪ねた老舗茶道具店と桐簞笥《きりだんす》専門店も会員制で、魯山人《ろさんじん》の茶道具と総無垢《そうむく》の桐簞笥を注文してきたの。そして最後は、日本では京都にしか出店していない本場イランの絨毯《じゅうたん》専門店にも立ち寄って、うちのリビングにぴったりなタブリーズ産のペルシャ絨毯まで注文しちゃって」

ミリヤ先生のおかげで素晴らしい旅になったのよ、と夢見心地の面持《おもも》ちでいる。

たった一泊二日の弾丸旅で、どれだけ散財してきたんだろう。段ボール箱で溢れ返る熊谷家を目《ま》の当たりにしてきた亜耶は、羨《うらや》むより先に呆れ返った。西陣織に魯山人に最高峰桐簞笥に本場のペルシャ絨毯ともなれば、まず総額一千万円以上はいくんじゃないだろうか。やはりこれは極度の買い物依存症としか思えない。ミリヤ先生なる人物の紹介で注文できたと得意そうにしているが、その先生は登紀子の自宅の惨状《さんじょう》を知っているんだろうか。

熊谷家の和室には、茶道具を入れた水屋も和簞笥もちゃんとあった。着物も山ほどあると邦彦が言っていたし、絨毯だって立派なものが敷いてあった。ということは、今回、登紀子は似たようなものをもう一組買ってしまったわけで、京都から荷物が届いたらまたひと悶着《もんちゃく》起きそうだ。

さすがに黙っていられなくなって、亜耶はパソコンの手を止めて聞いた。

「ちなみに、今回のお買い物について、ご主人はご存じなんですか？」

「主人にはまだ言ってないの。あの人ったら、いつもミリヤ先生のことを悪く言うから、荷物が届くまで内緒にしとくつもり」

またしてもミリヤ先生が出てきた。なんだか気になって亜耶はたたみかけた。

「その方って何の先生なんですか？」

「あら、あなたも興味ある？　だったら今度、紹介するわよ」

「い、いえ、私はまだ子育ての真っ最中ですし」

とてもそんな余裕は、と照れ笑いしてみせた。

「そんなこと言わずに、一度、先生のワークショップに参加してみたらいいわよ。体験型のイベントだから楽しく参加してるうちに、あなたの人生も、きっと変わるから」

やけに熱心に勧《すす》める。うっかり聞いたばかりに妙な流れになってしまった。どう切り抜けたものか困惑していると、

「そうだ、この際、多日的ルームの予約をお願いできる?」

登紀子が身を乗りだした。

「は?」

「多目的ルームにミリヤ先生をお招きしてワークショップを開いていただけば、あなただって参加しやすいじゃない」

「いえそれは」

「日程については先生に相談して改めて知らせるから、うん、そうしましょう。先生もきっと喜んでくださると思うし」

楽しみにしててちょうだい、と勝手に話を決めてしまうと、キラキラ訪問着の裾《すそ》を翻《ひるがえ》し、いそいそと帰っていった。


またひとつ厄介事《やっかいごと》を抱えてしまい、うんざりしたものの、それでも、かろうじて今日は定時で仕事を終えられた。

その足で駅へ向かった由耶は、電車で四つめの自宅の最寄駅で降りてスーパーに立ち寄った。切り落としの牛肉とジャガイモ、ニンジン、カレールーを買って小走りで帰宅すると、めずらしく夫の健一郎が先に帰っていた。

今日は出先の営業回りが早く終わったため直帰してきたそうで、缶ビール片手に居間のソファに寝転んでテレビのサッカー中継を観ている。そんな父親が幸樹は煙たいのか、自分の部屋に籠《こも》っているようだ。

亜耶は黙って台所に立ち、ジャガイモを洗いはじめた。早帰りしたんなら、風呂ぐらい掃除しといてくれればいいのに。そんな苛立《いらだ》ちをぐっと堪《こら》えてピーラーで皮を剝《む》いていると、不意に健一郎が台所に顔を覗《のぞ》かせ、

「ゆうべはどういうことだ」

低い声で詰問《きつもん》する。昨夜、夕飯を作らずに早寝したことを咎《とが》めているらしい。

「作っといても、どうせ食べないじゃない」

「一昨日《おととい》は、たまたま得意先から誘われたって説明したろう」

「そういうことを言ってるんじゃないの。少しはあたしの仕事にも気遣って、ってこと。今日だって熊谷さんの奥さんの依存症騒ぎで大変だったんだから。あなたが早帰りだってメールをくれてれば、カレーの材料ぐらい買っといてもらえるじゃない。なのにビール片手にサッカー中継なんて、いい気なもんね」

愚痴《ぐち》っぽく言い添えると健一郎がいきり立った。

「熊谷さんだか何だか知らんが、おまえが忙しいときもあれば、おれが忙しいときもあるんだ！それが仕事ってもんなんだから、たまの息抜きぐらいでガタガタ言うな！」

「あらそう。だったらあたしは、いつ息抜きすればいいわけ？　仕事で疲れて早寝したいとき

も、食べるか食べないかわからない夫の夕飯を作って待ってろって言うんだ」

「ったく、たまたま食べなかったぐらいで、いつまで根に持ってんだ！」

「たまたまじゃないわよ。先々週だって先月末だって食べなかったし、その前なんかあたしの誕生日だったのにゴルフに行っちゃったじゃない」

「あれも得意先の機嫌を取るためだったんだから、しょうがないだろう」

「それを言うなら、あたしだって毎日毎日、年寄りの機嫌ばっかり取ってるわよ。高齢者レジデンスのコンシェルジュが、どんだけ大変だと思ってんのよ！」

たまらず声を荒らげた瞬間、幸樹が部屋から出てきた。

「ねえママ、ご飯は？」

その無神経なひと言に、かちんときた。うちの男どもは、どこまであたしを舐《な》めてるんだ。あたしは何のために働いてるんだ。

苛立ちがピークに達した亜耶は、

「もう知らない！　二人で勝手に作って食べてちょうだい！」

怒りを爆発させるなり剝きかけのジャガイモとピーラーをまな板に投げつけ、寝室に駆け込んで音を立ててドアを閉めた。

そのままベッドに倒れ込み、布団に潜り込んで胎児《たいじ》のごとく背中を丸めた途端、涙が溢れだした。なぜこんなに溢れるのか不思議なほど止めどない涙に咽《むせ》んでいるうちに、いつしか亜耶は眠りに落ちていた。

目が覚めたのは翌朝の五時半過ぎだった。

眠りに落ちたのは確か昨夜の七時過ぎだったから、十時間以上も眠り続けていたことになる。でも、抑え続けてきた負の感情を爆発させたことで深い眠りにつけたのがよかったのだろう。心の中のスイッチがパチンと切り替わったような気持ちのいい目覚めだった。

ひとつ伸びをしてベッドから起き上がった。あれ？　健一郎がいない、と気づいた。そっとドアを開けて居間を覗くと、テレビをつけっぱなしにしてソファで鼾《いびき》をかいている。

もうこんなの嫌、とばかりに亜耶は手早くメイクして通勤着に着替えた。健一郎と顔を合わせるのも嫌で、バッグを摑《つか》んでそそくさと自宅マンションを後にした。

朝陽が射す街を歩きだすなり心が和《やわ》らいだ。こうなったら、もう幸樹の面倒は健一郎に見させればいい。健一郎が面倒を見られなくても、幸樹だって小四だ。トーストを食べて登校するぐらいのことはできるはずだし、自分のことは自分でやるきっかけにもなる。

うん、そうしよう。あたしばっかり追われる日々は断ち切って、今日からは子離れ夫離れだ。ふとそう思い立った亜耶は、ひんやり心地よい朝の空気を深呼吸して最寄駅への道を辿《たど》りはじめた。

すぱっと割り切ったせいか、いつもの通勤路が輝いて見えた。朝陽に彩られた、まだ人も車も少ない街を愛《め》でながら歩を進めていくと、小犬を散歩させている男性と擦《す》れ違った。

「おはようございます」

さらりと挨拶《あいさつ》された。

「あ、おはようございます」

慌てて挨拶を返した。

そういえば、健一郎と初めて出会ったのも擦れ違いざまの挨拶だった。大学卒業後、初出社した会社の廊下で擦れ違った別の部署の健一郎が、おはよう！　と明るく声をかけてきた。あとで聞いた話では、初々《ういうい》しい亜耶に惹《ひ》かれて思わず挨拶したそうで、以来、社内で会うたびに言葉を交わすようになり、ある日、

「今度、ランチでもどうです？」

と爽《さわ》やかな笑顔で誘われた。

あのときの健一郎は輝いていた。いや、輝いて見えたのかもしれないが、ほどなくして亜耶は、やさしい健一郎に惹かれて付き合いはじめ、寿《ことぶき》退社したときは幸せの絶頂だった。

あれから十年。幸樹が生まれ、亜耶一人で必死で子育てしているうちに小学生になったこともあり、そろそろマイホームの頭金も貯めなければ、と再就職したのだが、それから一年余りでこうなってしまった。

これが夫婦の転機というものだろうか。このまま毎日鬱々《うつうつ》としているより、朝陽に映《は》えるこの街のように、再び初々しい自分を取り戻す時期にきているんだろうか。

思いをめぐらせつつ児童公園に寄り道したりして、ぶらぶら歩いていった先に駅が見えてきた。時刻はまだ七時前。出勤には早すぎるし、どうしよう、と駅前を見回すと二十四時間営業のファミレスが目に留まった。

考えてみれば朝食はもちろん水の一杯も飲まずに歩いてきた。モーニングセットでも食べて時間を潰していこうか、と久しぶりに一人で店に入り、ドリンクバーをおかわりしながらのんびりと朝のひとときを楽しんだ。

いつになくリラックスした気分でレジデンスに到着したのは、定時より三十分も早い八時半だった。せっかくだから、このところ忙しくて手が回らなかった代理販売品の在庫チェックをしておこうと思って早出したのだが、制服に着替えてフロントに出ていくと、

「さっきからお待ちですよ」

夜勤の男性スタッフがエントランスロビーのソファコーナーを指差す。え、と見やると登紀子がソファから立ち上がり、笑みを浮かべてフロントへ歩いてくる。

「おはよう、亜耶さん。ゆうべミリヤ先生と連絡が取れて、週明け一番でワークショップを開いてくださることになったわよ。多目的ルームの予約、お願いね」

「あら、そうですか。わざわざありがとうございます。九時を回ったら電話してみますね」

昨日は気が進まなかったのに、なぜか自然に受け入れられた。今日からは子離れ夫離れ、と吹っ切ったからだろうか。この際、買い物依存状態の登紀子に寄り添ってあげよう、と前向きな気持ちまで湧き上がってきた。

そんな亜耶の態度に気をよくしてか、

「ああそれと、できれば当日のセッティングも手伝ってもらえないかしら。スタッフの一員としてなら無料でワークショップに参加できるし」

と登紀子が言いだした。

「承知しました」

即答してしまった。あたしの中の何が変わったのか、自分でもわからないが、せっかくだから一歩踏み込んでみようと思った。


週明けの午後五時過ぎ。フロントの仕事を終えて私服に着替えた亜耶は、多目的ルームへ行く前に共有施設棟のレストランに入った。特撰《とくせん》ロースカツ御膳で腹ごしらえして、気合いを入れていこうと思ったからだ。

夫と息子とは、その後も心の距離を置いて淡々《たんたん》と接している。けさの出掛けも、今夜は遅くなる、とだけ告げて家事と夕食は二人に丸投げしてきた。あたしはあたしの予定で動く。そんな開き直った気持ちで多目的ルームに入ると、

「お疲れさま、今夜はわざわざありがとう」

鮮やかなピンクのトレーニングウェアを着た登紀子が参加者用のヨガマットとペットボトルの水を広いフロアに並べ置いていた。

正面のホワイトボードの傍《かたわ》らには大きな白い紙が貼られ、力強い筆文字が躍《おど》っている。

リボーンワークショップ〝人生を二度楽しむ生き直しへ！〟

講師・リボーンコンサルタント　吉武《よしたけ》ミリヤ先生
そういえば幸樹が読んでいた少年漫画の主人公もリボーンだった、と思い出しながら、

「リボーンってどういう意味です？」

登紀子に尋ねた。

「文字通り生まれ変わるっていう意味のRebornよ」

英語っぽい発音で得意げに教えてくれた。

それで気づいた。以前、邦彦が口にしていたリボンコンサルとは、リボーンコンサルタントのことだったのだ。何かがふっと繋《つな》がった気がしてぼんやり眺《なが》めていると、

「詳しくは先生が教えてくださるから、入口に小机を置いて受付係をお願いね」

と参加者名簿を渡された。

言われた通り受付に立っていると、色とりどりのトレーニングウェアを着たシニア婦人たちが姿を見せはじめた。いずれも登紀子が声をかけた居住者らしく、亜耶が知っている顔もけっこういる。一人二万円もの参加費をそれぞれに支払って、好みのヨガマットに腰を下ろしていく。

午後六時前には十八人の参加者全員が集まり、ほどなくして登紀子が声を張った。

「皆さん、いまミリヤ先生が到着されました。大きな拍手でお迎えください！」

その声に導かれるように、ブロンドのセミショートヘアをなびかせた女性が颯爽《さっそう》と部屋に入ってきた。

拍手が沸き上がった。コンサルと聞いて四十代ぐらいの中年女性をイメージしていたのだが、その顔立ちは白人の血が入っているのかと思うほど白く透《す》き通るような美しさで、歳は三十代半《なか》ばといった印象だ。彼女も登紀子と同じピンクのトレーニングウェア姿だが、その引き締まった

ボディの胸元にはRebornと刺繍《ししゅう》され、すらりと伸びた長い脚と相まって女の亜耶でもつい見惚《みと》れてしまう。

ほかの参加者も固唾《かたず》を呑《の》んで見つめている中、ミリヤ先生はホワイトボードの前に立つなり輝くような微笑みを浮かべ、

「こんばんは、吉武ミリヤと申します。本日を境に、皆さん方の新しい人生がはじまります！どうかよろしくお付き合いください！」

深々とお辞儀をして、黒目が大きな瞳を参加者一人一人に向けながら切りだした。

「皆さんの人生は、どんな人生でしたか？　楽しかった、充実していた、苦しかった、哀《かな》しかった、長かった、短かった、などなど。それぞれに人生を噛《か》み締めていることと思いますが、改めてこれまでの人生を振り返ったとき、ふと、こんな人生でよかったのか、と負の感情に見舞われるときがあるのではないでしょうか。実際、ああすればよかった、こうすればよかった、といった心残りは、だれにでもあるものですよね？」

穏《おだ》やかに問いかけられて、何人かの参加者が、うんうんとうなずいている。その反応を見るなりミリヤ先生は続けた。

「ただ、ここからが大切なところですが、そんな心残りを放置したまま生きている人は、人生を損していいます。なぜなら、人生って、いつでも生き直せるものなんですね。どうせ一度きりの人生だと諦《あきら》めさえしなければ、だれでも生き直せる。それは三十代だろうと五十代だろうと七十代だろうと年齢は関係ありません。その証拠に」

ミリヤ先生はポケットから写真を取りだし、

「これは十五年前、まだスーパーで働いていた三十五歳頃のわたくしの写真です」

皆さんで回してご覧ください、と目の前のシニア婦人に写真を手渡した。途端に、えっ、とシニア婦人が声を上げて隣の人に写真を回すと、全然違う！　と仰天《ぎょうてん》している。

驚きの連鎖《れんさ》は見る間に広がり、最後に写真が回ってきた亜耶も興味津々《しんしん》見てみると、そこにはスーパーのエプロンを着けた、でっぷりと太ったおばちゃんが写っていた。これが十五年前だとすると今年で五十歳になるミリヤ先生の年齢にも驚くが、かすかに面影《おもかげ》があるものの別人のような写真は衝撃的で、いまの姿と見比べるほどに我が目を疑う。

「皆さん、さぞかし驚かれたことと思います。そんなわたくしが、なぜこうして二度目の人生を謳歌《おうか》しているのか。その裏には、実は、この写真を撮った直後に出会った当時のリボーンコンサルから指南された、忘れがたいキーワードがあるのです。Reborn。この奇跡のワードに導かれて、生き直そう、と運命の選択をした結果、いまわたくしは二度目の人生を手に入れられたのです！」

誇らしげに胸元の刺繍、Rebornを指差してみせる。シニア婦人たちが息を呑んでいる。のどかな老後に突きつけられた驚異の告白に、だれもが目を瞠《みは》っている。

すかさずミリヤ先生は声をひそめた。

「ただここで、ひとつだけ皆さんに理解してほしいのは、わたくしはけっして特別な人間ではない、ということです。その写真のようなわたくしでさえも生き直せたのですから、皆さんも間違いなく生き直せます。なぜなら皆さんには、その後、リボーンコンサルを拝命したわたくしがついているからです。あれから十五年、わたくしは皆さんにもRebornしてほしいのです。人生の心残りを放置することなく、生き直す喜びをぜひ味わってもらいたいのです。そこで本日は、登紀子さんのご紹介でご縁が生まれた皆さんにだけ、とっておきの生き直しの極意を指南しようと思うのですが、登紀子さん、その名称は？」

確認するように聞いた。

「奇跡のリボーンメソッドです」

登紀子が即答した。

「そう、奇跡のReborn Method!」

ミリヤ先生は高らかに英語発音で繰り返し、ホワイトボードにさらさらっと筆記体で書き記した。

もはや全参加者の視線が釘付《くぎづ》けになっている。そうした中、ミリヤ先生はペットボトルの水を手にして、ゆっくりと喉《のど》を潤《うるお》している。

その姿もまた絵になるミリヤ先生に見惚れながら続く言葉を待っていると、登紀子がホワイトボードの前にピンクのヨガマットを敷いた。それを合図にしたかのようにミリヤ先生はペットボトルを床に置き、ヨガマットの上に立って再び微笑みを浮かべた。

「さて、ここからが実践編です。生き直しの極意、リボーンメソッドを具体的に指南しましょう。といっても、難しいものではありません。リボーンメソッドの極意は三つだけ。三つのリボーンメソッドを体得するだけで、皆さんは確実に生まれ直せます。あ、ひょっとして、まさかと思っていますか？　でも、わたくしを信じてください。わたくしと一緒に奇跡のリボーンメソッドを極めていきましょう！」

高らかに告げるなりポケットからピンクのバンダナを取りだし、くるりと頭に巻いて、

「やり方は簡単です。登紀子さん、リボーンメソッドのステージ1《ワン》は？」

「マインドリボーンです」

また即答した登紀子にミリヤ先生は大きくうなずき、再びホワイトボードに向かって〝Mind Reborn　意識から生まれ直す〟と書いてから言葉を繋ぐ。

「あなたが生まれ直すためには、まずはあなたの意識の中にリボーン魂を刷り込まなければなりません。ただし、ひと口に意識といっても美意識、自意識、危機意識、職業意識、社会意識、道徳意識、被害者意識、民族意識などたくさんの意識がありますから、どの意識から生まれ直すか最初に決めましょう。ちなみに、わたくしの一番のお薦《すす》めは、女性の命とも言うべき美意識のリボーンです」

そう断じるなりミリヤ先生はヨガマットに横たわり、体を小さく丸めて、

「基本は、この胎児のポーズです。まずは二度目の生誕に向けて心も体も平静に整えて、〝わたしは美意識から生まれ直す！〟とリボーンの誓いを念じるように大声で唱える。続いて〝美意識、リ、ボーン！〟と自分に掛け声をかけ、横たわったまま万歳のポーズで全身をピーンと伸ば

す！　胎児として生まれ落ちてググググンッと成長するイメージで、ヨガマットから跳ねるぐらい勢いよく！」

と万歳のポーズで体を反り返らせてみせる。

亜耶は戸惑っていた。リボーンメソッドと聞いたときはどんなヨガかと興味を抱《いだ》いたが、やけに神事めいた所作だったことに違和感を覚えた。

それでもミリヤ先生は続ける。

「この一連の所作を十回繰り返したら、最後に十分間瞑想《めいそう》する。これによってあなたは穢《けが》れなき乳子《ちご》のような無垢な境地〝リボーン無〟に至り、〝美意識転生〟、すなわち新たな美意識を呼び起こす魂魄《こんぱく》が整ってくるわけですが、ここまでがステージ1です。それでは、ご一緒に！」

そのひと声で参加者たちがヨガマットの上で胎児のポーズになり、ぼそぼそとリボーンの誓いを唱えてから、

「美意識、リ、ボーン！」

と照れ臭そうに体を伸ばした。

「もっと大声で！　元気も足りない！」

ミリヤ先生に檄《げき》を飛ばされ、全員が再度、リボーンの誓いを元気よく唱えた。

「美意識、リ、ボーン！」

「心に沁《し》み込ませるように想いを込めて！」

「美意識、リ、ボーン！」

「そう、その調子！」

「美意識、リ、ボーン！」

最初は戸惑い気味だった多目的ルームの中に異様なテンションが高まっていく。

どこか神事さながらの所作に違和感を覚えていた亜耶も、見よう見まねでリボーンの誓いと万歳のポーズを繰り返し、最後の瞑想を終える頃には不思議なことに、いつにない充足感が体の底から湧き上がってくる。

気がついたときには参加者全員が穏やかな表情に変わっていた。それは亜耶も同様で、ここ最近感じたことがないほど心身ともにリラックスしている。

そんな参加者たちの空気を察してか、ミリヤ先生は再びホワイトボードの前に立ち、

「さあ、ステージ1で内面を鍛錬《たんれん》したら、つぎはステージ2《ツー》です！」

潑溂《はつらつ》と宣言するなり、Superficies Rebornと筆記体で走り書きした。

「スーパフィシーズは日本語で〝外面〟です。美意識という内面だけでなく外面も生まれ直さなければリボーンは達成できません。そこでステージ2では〝外面リボーンの三つの所作〟を指南します。まずは小顔になって皺《しわ》も伸ばせる、ひょっとこのポーズから」

両足を大きく拡げて中腰になると、ひょいと唇《くちびる》をすぼめて突きだしてみせる。

「このまま十秒辛抱《しんぼう》したら、ひょっとこ口を右に寄せて十秒、左に寄せて十秒。これを三往復やったら顔の筋肉をふっと弛《ゆる》めて〝小顔リボーン！〟と唱えながら両手で顔面を力強くマッサージする。さあ、ご一緒に！」

すかさず全員が口元を尖らせて左右に動かしはじめる。傍《はた》から見れば珍妙な光景だが、だれもが真剣にやっている。

「はい、素晴らしいです。皆さんかなり勘《かん》がいいので、あとの二つ、全身痩《や》せと脚痩せの所作も一気にやってしまいましょう。まずは四つん這《ば》いで背中を丸め〝お腹痩せリボーン！〟とお尻を突き上げ背中を反らせる猫反りのポーズ。つぎは立位で開脚して体を左に傾け〝脚痩せリボーン！〟と右手を左足首に添え、続いて右にも傾けて左手を右足首に添える三角のポーズ。さあ、ご一緒に！」

ここまでくるとみんな慣れてきたのか、猫反りも三角も気合いを入れた掛け声とともに元気よくこなし、最後に再び十分間瞑想して満足げにくつろいでいる。

「いかがでしたか、皆さん。すでにリボーンに向けて一歩踏みだした気分だと思いますが、ここまでくれば、いよいよステージ3《スリー》、Sense Rebornです。1で内面を鍛錬し、2で外面を磨《みが》き、3では内外面のすべてに関わるセンスをアップグレードしていきましょう。これはファッション、美容、インテリア家具、さらには生活環境まで、あなたの個性とセンスを生まれ直させるメソッドの集大成なのですが、ただ本日、初めて参加した方に指南するにはまだちょっと早いです。この続きは、1と2のリボーン所作を最低でも一週間以上繰り返したところで、わたくしの指南動画〝リボーンチャンネル〟をスマートフォンでご覧になってください。登紀子さん、皆さんにIDカードをお配りして」

ミリヤ先生に促された登紀子が、早速、個人名が入ったピンクのカードを配りながら、

「裏面のスクラッチ部分を擦《こす》るとパスワードが出てくるので、それで動画が見られます。本日のワークショップと同じ内容をミリヤ先生が詳細に指南してくださっていますので、復習の意味で最低でも三度はご覧になり、その上でステージ3に進んでください」

と説明するなり再びミリヤ先生が口を開く。

「というわけで、だれかに束縛《そくばく》される人生はもう脱ぎ捨てて、あなたのために生き直そうではありませんか！　では、最後に改めてご唱和ください！　Reborn Now!」

「リボーン　ナウ！」

「Reborn Now!」

「リボーン　ナウ！」

「Reborn Now～～～!」

「リボーン　ナウ～～～！」

帰宅の電車に乗ってからも亜耶の胸には、リボーンナウ！　の昂揚感《こうようかん》が渦巻《うずま》いていた。

そうか、あたしはリボーンしちゃえばいいんだ、と目から鱗《うろこ》だった。ミリヤ先生のワークショップを振り返るほどに、車窓を流れるいつもの夜景が眩《まばゆ》く映る。いまや当初の違和感は消え去り、身も心も晴れ晴れとしている。

このまま都心に遊びに行っちゃおうか。二十代の頃を思い出してそんな誘惑にも駆られたが、そこまでは思い切れず、最寄駅で下車して自宅マンションに帰ってくると、健一郎と幸樹が差し向かいで食事をしていた。健一郎が焼きソバを作ったらしく、二人でもそもそと食べている。

途端に気まずくなって洗面所でメイクを落とすなり、黙って寝室へ行こうとすると、

「ママ、何してたんだよ。ご飯食べた？」

幸樹に声をかけられた。一瞬、言葉に詰まったものの、

「ママはもう食べたから寝る」

それだけ答えて寝室のドアを閉め、パジャマに着替えはじめたところに健一郎がやってきた。

でも、健一郎と口を利《き》く気にはなれない。無言のまま着替え続けていると、

「今日はどうしたんだ。また熊谷とかいう奥さんとトラブったのか？」

健一郎に問い詰められた。よく名前を覚えていたものだと思ったが、

「そんなんじゃない」

そっけなく答えてベッドに潜り込んだ。

「だったら何なんだ。ここんところ亜耶は、おかしいぞ」

「失礼なこと言わないで。あたしは疲れてるから、さっさと寝て生まれ直すの！」

「は？」

健一郎が首を傾《かし》げている。うっかり生まれ直すと口走ってしまって焦《あせ》りながらも、

「とにかく今日は疲れたから寝る」

ベッド脇のスイッチで常夜灯に切り換え、バサッと布団を被って背中を向けた。そんな亜耶の頑《かたく》なな態度に健一郎も匙《さじ》を投げたのか、深いため息とともに寝室から出ていった。

ドアを閉じる音が聴こえると同時に、亜耶はベッドからむっくり起き上がり、バッグから携帯とイヤホンを取りだした。帰宅の電車の中では観られなかったリボーンチャンネルを観ようと思ったのだが、また健一郎が覗きにこないとも限らない。イヤホンを着けて再び布団を被ってサイトを開くと、ログイン窓が表示された。

亜耶の名前に続いてIDカードを擦ってパスワードを入れてログインすると、『奇跡のリボーンメソッド』と題されたトップページが現れた。ピンクジャージ姿のミリヤ先生の写真とともに〝序言〟〝ステージ1〟〝ステージ2〟〝ステージ3〟と題された動画が何本も貼られている。基本的にはワークショップと同じ構成のようだが、ほかにもいろいろと情報が盛り込まれているようだ。

まずは序言を視聴してみた。この内容もワークショップとほぼ同じだったが、〝だれかに束縛される人生はもう脱ぎ捨てて、あなたのために生き直しましょう!〟という締めの言葉は二度聞いてもやはり心に響く。

序言動画の傍らにはミリヤ先生の著書『奇跡のリボーンメソッド』も紹介されていて、試し読みのリンクも貼られている。

気になって試し読みしたら急にほしくなった。この著書は即日配送で明日には届くらしい。すぐさまクレジットカード番号を入力し、届け先を職場に設定してポチッと注文してしまった。続くステージ1と2の動画の傍らには、ピンクのジャージとバンダナ、ヨガマットなどのアイテムも紹介されている。こちらも即日配送とのことで、ピンクのジャージとヨガマットをポチッとした。

こうなるとステージ3の動画も観たくなる。初めての参加者には早すぎるとミリヤ先生は言っていたが、かまわず再生すると、『センスリボーン！』というタイトルとともにミリヤ先生が、

〝センスのアップグレードこそが生まれ直しの総仕上げです！〟

と宣言して、ファッション、美容、インテリア家具、生活環境などをアップグレードするコツを指南している。

そのコツとは〝リバース法〟だという。これまでの人生とは真逆のセンスに生まれ直すのがポイントだそうで、ラフなファッションが好きだった人は、フォーマルなファッションにこだわる。シックな色が好きだった人は、ゴージャスな色にこだわる、といった具合に以前の自分とは逆方向にアップグレードすれば簡単に生まれ直せるという。

さらには〝リバース法アプリ〟も無料でダウンロードできるらしい。すぐに落として起動してみると、これまでの自分のセンスに近い項目をタップするだけで、真逆のセンスのファッション、美容道具、インテリアなどジャンル別のアイテムがずらりと表示される。もちろん注文も可能で、思わず見入っていると、傍らに大きく注意書きがあった。

〝本サイトには、吉武ミリヤ先生が厳選した一見さんお断りの隠れブランドショップや老舗店が特別に品揃えした、限定アイテムのみが紹介されています。従って一般の方の入店は不可。吉武ミリヤ先生のワークショップに参加してパスワードを授《さず》かったリボーン志願者が、店舗を直接訪問された場合のみ購入と予約注文が可能となり、さらに希望の方は定額制のサブスクコースも選

択できます〟

これに続いて最後に再び、ミリヤ先生の写真とともに締めの動画が貼られている。

〝皆さん、リボーン成就《じょうじゅ》のために最も大切なことは、一気、です。本サイトを通じて、あなたの理想のリボーン態勢を整えて、いまだ！　と見定めた日に一気にリボーンを果たす。このスピード感を忘れずに、さあ、気合いを入れて、Reborn Now!〟

結局、深夜遅くまでリボーンチャンネルを観続けてしまったが、翌朝も頑張って早起きして身繕《みづくろ》いした亜耶は、昨日立ち寄った近所の児童公園へ向かった。

まだ人けのない広場でステージ1の〝美意識、リ、ボーン！〟の所作とステージ2の三つのリボーン所作をやるためだ。たまに犬を散歩させている人に見られて恥ずかしかったが、それでも〝美意識、リ、ボーン！〟〝小顔リボーン！〟と気合いを入れて何度も唱えているうちに恥ずかしさなど吹き飛んだ。あとは昨日に続いて駅前のファミレスでモーニングセットを食べてからレジデンスに出勤した。

今日の午前中は佳織が半休で竹内主任も外出のため、また亜耶のワンオペになった。でも、子離れ夫離れしてリボーンするからには、いままで以上に仕事も頑張らなければならない。

いつになく集中してフロント業務に打ち込んでいると、亜耶宛ての荷物が届いた。リボーンチャンネルからだった。予定通りの即日配送で、念のため開けてみるとミリヤ先生の著書とピンクのジャージとヨガマットが入っている。

ジャージのピンク色が眩《まぶ》しく感じた。明日からはこれを着てリボーンメソッドに励《はげ》もう、とうきうきしていると、絶好のタイミングで登紀子がエレベーターで降りてきた。

「おはようございます！　ゆうべはありがとうございました。とても有意義な時間でした」

亜耶は丁重《ていちょう》に礼を言って、届いたばかりのピンクのジャージを見せた。

「まあ素晴らしい。ミリヤ先生も昨日、亜耶さんのこと褒《ほ》めてたわよ。若いのに意識が高い方ね、って」

にっこり微笑みかけられた。

いまにして思えば、それも登紀子のおかげだと思った。当初は極度の買い物依存症を疑っていた自分が申し訳なくて、

「登紀子さんも早くリボーン成就できるといいですね」

亜耶は微笑み返した。運よくワンオペだったから周囲を気遣わずリボーンと口にできた。

「あら、リボーン成就のことも知ってるの？」

「ええ。ミリヤ先生はまだ早いとおっしゃってましたけど、ゆうべ思いきってステージ3の動画まで観ちゃったんです。それでようやく、登紀子さんはステージ3を実践中で、いまだ！　という日を見定めているんだと気づきました。素敵ですね」

「そう言われると嬉しいわ。リボーンの意義がわからない人はわかってくれないものね。実はあたし、いよいよ週明けにリボーン成就する、って決めたの」

「ほんとですか！」

「ここ最近はリバース法に則《のっと》って、洋服、着物、メイク道具、宝飾品、茶道具、インテリア家具も含めてセンスのアップグレードに励んできたんだけど、ようやくリボーン態勢が整ったのよ」

週明けの月曜日にリサイクル業者を呼んで以前のアイテムを一掃《いっそう》し、一気にリボーンバージョンに入れ替えて夫の邦彦にリボーン宣言をするつもりだという。

「なんやかやで二か月以上もかかっちゃったから、家の中は荷物だらけになったけど、でも、出産に産みの苦しみがあるようにリボーンだって多少の混乱は仕方ないと思うの。それを恐れてリボーンを諦めたら、あたしの人生、何も変わらないでしょ。リボーンに挑戦して後悔するか、挑戦せずに後悔するか、どっちを取るかとなれば挑戦するしかないじゃない。だから、やっとあたしも美意識転生できると思ったら楽しみで楽しみで」

登紀子は上気した顔で言い募ると、

「あ、もうこんな時間。今日は青山骨董《あおやまこっとう》通りの老舗を訪ねて古美術品を注文してくるのよね。じゃ、あなたも頑張って」

と言い置いて、いつにも増して軽い足取りでエントランスを飛びだしていった。

その後ろ姿を見送りながら、あたしも絶対に生まれ直そう、と亜耶は改めて自分に言い聞かせた。こうなったら、あたしが働いて得たお金は、二度目の人生のために全部使っちゃえばいいし、それで足りなければ、昨夜観たステージ3の動画で紹介されていた〝ファイナンシャルリボーン〟だってある。

ミリヤ先生が編みだしたこの画期的な資金調達法を使えば、アップグレードにかかるお金は生まれ直してからリボーン払いで楽々返済できるという。その後は資産運用に切り替えて続ければ確実に資産を増やせるそうだから、子離れ夫離れしたあたしでも自立して生きていける。

もうあたしは大丈夫だ。あたしもリボーン成就して二度目の人生を楽しく生きていくんだ。そう腹を決めた亜耶は、思わずまた、あの言葉を叫んでいた。

Reborn Now!

それからの十日間は、毎朝毎晩、出勤と帰宅のついでにピンクのジャージ姿で通勤バッグとヨガマットを手に近所の児童公園へ足を運んだ。

もちろん、やることは決まっている。ステージ1と2のリボーン所作を何度も繰り返す。それだけだ。自宅でもやれなくはないものの、〝わたしは美意識から生まれ直す！〟〝美意識、リ、ボーン！〟と毎朝毎晩、大声で唱えるのはさすがに躊躇《ためら》われる。それでなくても溝《みぞ》ができている健一郎と幸樹とは、ごたつきたくない。

その意味で児童公園は、絶好のリボーン所作スポットだった。犬を散歩させている人から訝しげな目で見られることにも慣れたし、基本的にはヨガみたいな所作を繰り返しているだけだから絡《から》まれたりもしない。

ただ唯一《ゆいいつ》、天候に左右されるのが困る。実際、朝晩通いはじめて三日目には朝から雨になった。この児童公園には屋根のある場所がないだけに、仕方なくレインコートを着てずぶ濡れになりながらリボーン所作を続けた。

そんな亜耶を健一郎と幸樹は、いまや見て見ぬふりをしている。家事もやらず早朝から出掛けても、外で夕飯を食べて帰るなり寝室に籠ってリボーンチャンネルに観入っていても、とやかく言われることはなくなった。というより、いまや父子が結託して意図的に亜耶を無視している気がする。

それでも、もう亜耶のほうから擦り寄るつもりはない。子離れ夫離れすると決めたからには、むしろ願ってもないことだし、これぐらい腹を据《す》えてストイックに頑張らなければリボーン成就は叶わない、と心している。

二度目の人生をどう生きていくか。いまの亜耶はそれを考えるだけで精一杯だ。逆に言えば、リボーン欲求に突き動かされるままに行動し、ひたすら自分を見つめ直すことが明日に繋がる。そう信じて、けさも早朝から児童公園でリボーン所作に励み、いつものファミレスのトイレで通勤着に着替えてモーニングセットを食べてからレジデンスに出勤した。

今日は朝から三人態勢だったが、始業前の打ち合わせを終えたところで新人コンシェルジュの佳織に耳打ちされた。

「亜耶さん、最近何かありました？」

「え、どういうこと？」

「このところ妙にふわふわしてるっていうか、いつもの亜耶さんじゃないみたいだから」

思いがけない指摘をされたが、

「あらそう見える？　それってきっと、最近のあたしが思いっきり楽しんでるからかもね」

さらりと答えた。いつもの亜耶じゃないみたい、ということは、あたしの意識の中にリボーン魂が刷り込まれつつあることだと受け取ったからだ。そんな自負が佳織に伝わったのだとすれば、リボーン成就した暁《あかつき》には佳織にもリボーンを勧めてみようか。

佳織は近頃、遅刻や半休が増えている。五か月前に入社したときは、やたら前髪の乱れを気にする女子学生っぽい娘だったが、二十代は成長が早い。ここにきて見た目も物言いも大人っぽくなってきたから、ひょっとしたら私生活で何か起きているのかもしれない。もしそうだとしたら、いまの亜耶のようにリボーンが転機になる可能性がある。

二十代の女性にリボーンを勧めて大丈夫か。そんな懸念《けねん》もなくはないが、亜耶の意識がここまで変われたのは登紀子がワークショップに誘ってくれたからこそだ。佳織に限らず一人でも多くの悩める女性に希望の光を射してあげるのも、リボーンに救われようとしているあたしの役割じゃないのか。

そこまで考えて、いや、それはまだ早すぎる、と自分をたしなめた。まずはあたし自身がミリヤ先生の指南通り生まれ直し、二度目の人生を謳歌しなくては佳織に勧めるどころではない。あたしのリボーンは、まだはじまったばかりだ。このまま頑張って一刻も早くリボーン成就しなければならない。

午後の表参道《おもてさんどう》はおしゃれな若い男女で溢れ返っていた。

亜耶にとってはシフトの休日だが、世間的には平日だ。なのにこれだけの若者が集《つど》っているのだから、東京郊外のシニアばかり見慣れている亜耶の目には眩暈《めまい》がしそうなほど煌めく世界だった。

そんな表参道までわざわざやってきたのは、ステージ3の動画で紹介されていた隠れブランドショップを訪れるためだ。ミリヤ先生のワークショップに参加したリボーン志願者だけが注文できる限定アイテムを手に入れて、いよいよセンスリボーンの第一歩を踏みだすことにしたのだ。

ただ、昨夜、ショップの場所を再確認しようとしたら、リボーンチャンネルが急に開かなくなった。サイトに不具合が生じたのか、亜耶の自宅のWi-Fiが不調なのか理由はわからないが、うろ覚えながらも道順と入居しているビルの名前は記憶している。

とりあえず表参道の中程から狭い路地に入って道なりに歩いていくと、いつしか若者の姿は見当たらなくなった。軒《のき》を並べていたショップもなくなり、周囲は小ぶりなマンションや民家ばかりになっている。

さすがに心配になって改めてリボーンチャンネルを開いてみた。やはり開かない。でも確かこの路地の奥だった。気を取り直して突き当たりまで進んでみると、そこには古びた雑居ビルがあった。ビルの名は間違いない。この三階にあるはずだが、ほんとにここだろうか。

おしゃれな街に似つかわしくない朽《く》ちかけた外観に怯《ひる》んでしまうが、考えてみれば、そもそもが隠れショップだ。あえて目立たないようにしているのかもしれない。

意を決してビルに入り、黴臭《かびくさ》い階段を上って三階に辿り着くと、汚れたガラス扉があった。内側にカーテンが引かれていて中は見えないが、リボーン提携ショップと書かれた小さな札が下げてある。

やはりここだ。ほっとしてガラス扉を開けようとすると鍵が掛かっていた。臨時休業だろうか。訝りながらもう一度開けようとしたそのとき、

「連中は逃げたようだな」

背後から声がした。

どきりとして振り返ると、健一郎がいた。何でここにいるのか。わけがわからず絶句していると、

「吉武ミリヤは逮捕された」

とたたみかけられた。

「ど、どういうこと？」

やっとそれだけ言葉にできた。

「詳しいことは帰ってから話すが、リボーンゲームは、これにて強制終了だ」

そう言われても事態が把握できず困惑顔で立ちすくんでいると、健一郎は亜耶の肩に片手を回し、そっと抱き寄せながら、

「とにかく一緒に帰ろう」

やさしく囁《ささや》きかけてきた。

タクシー料金が一万円を超えたところで自宅マンションが見えてきた。すっかり見慣れた夕暮

れどきの風景のはずなのに、どこかいつもと違って見える。

タクシーが停車して健一郎が大枚の料金を支払っている間も、亜耶は現実離れした気分でぼんやり座っていたが、

「降りるぞ」

穏やかな声に促された。

帰宅したら何が起きるんだろう。一抹《いちまつ》の不安がよぎったものの、なぜか抗《あらが》えなかった。表参道の雑居ビルで声をかけられたときから、ただもう頭が混乱するばかりで、タクシーに乗せられてからも終始無言のまま車窓の景色を眺めていたのだが、ここは黙って従うべきだろう。

マンションの玄関前に降り立った亜耶は、再び健一郎に肩を抱かれながらエレベーターに乗って上階に上がった。そして健一郎が自宅のドアを開けてくれて、玄関に足を踏み入れた瞬間、

「ママ！」

幸樹が飛んできて抱きつかれた。

とっさに亜耶も抱き返すと、幸樹が体を震わせて泣きだした。このところ疎遠《そえん》になっていた母親の温もりを確かめるように、胸元に顔を埋《うず》めて泣きじゃくっている。

十歳といっても、まだまだ子どもなんだ。そう思い知らされながら亜耶もこみ上げる涙を堪えられずにいると、

「疲れたろうから風呂に入ってこいよ」

健一郎がそう言って、話は幸樹が寝てからだ、と耳打ちされた。

正直、いまだに釈然《しやくぜん》としない気持ちだったが、言われた通り風呂場へ向かい、ゆっくり入浴して上がってくると、食卓には夕食のおかずが並んでいた。

ハンバーグとグリーンサラダと野菜スープ。父子二人で作ったそうで、健一郎が抜いてくれた瓶ビールで乾いた喉を潤しながら、家族三人で夕餉《ゆうげ》を囲んだ。

食後もみんなでテレビを観たりゲームをしたりして過ごし、いつになくはしゃいでいた幸樹が明日に備えて自室に引っ込んだところで、肩を並べてソファに座っている健一郎が、ふと居住まいを正して口を開いた。

「まず最初に断っておきたいんだけど、今回の件は、おれも含めた家族の問題だと思っている。といっても亜耶はまだ理解できないだろうから、とりあえずは吉武ミリヤについて話そうと思う。彼女の正体は、霊感商法とマルチ商法を融合させたような詐欺商法の勧誘役なんだよね」

亜耶は眉根《まゆね》を寄せた。言うに事欠いてミリヤ先生を詐欺師呼ばわりするなんて。

「まあ聞いてくれ。なぜそれがわかったかというと、亜耶は以前、熊谷さんの奥さんの依存症騒ぎで大変だった、って言ってたよね。それを覚えてたもんだから、亜耶が朝早くから勝手に出掛けるようになっておかしいと気づいたとき、思いきって熊谷邦彦さんに手紙を出したんだ」

いまどきはネットの有料住宅地図をダウンロードすれば、表札がついている共同住宅の居住者の氏名も一発でわかるそうで、妻の亜耶のことで頭を痛めている、一度、相談させていただきたい、と携帯番号を書き添えたのだという。

「もちろん、怪しまれて無視されることは覚悟の上だったけど、翌日には電話がかかってきていろいろ話したんだ。それで登紀子さんが、どこやらの講演会で出会ったリボーンコンサルを自称する吉武ミリヤという女にたぶらかされているとわかってね。そればかりか、いまや亜耶まで巻き込まれそうだと知って、ネット検索してリボーンコンサルのことを詳しく調べてみたんだ」

一方の邦彦は、登紀子の身の回り品をこっそり調べてくれて、無防備な携帯の履歴《りれき》からリボーンチャンネルが見つかった。それを糸口に探りを入れてみたら、リボーンコンサルの手口が明らかになってきた。

いわゆる霊感商法は、人の悩みを巧《たく》みに探りだして、このままでは地獄に落ちる、といったネガティブな不安を煽《あお》り立てて洗脳し、高価な壺《つぼ》を売りつけたり法外なお布施《ふせ》を要求したりしている。

それに対してリボーンコンサルは、悩める現状は脱ぎ捨てて身辺をアップグレードして生まれ直せ、とポジティブなリボーン欲求を駆り立てるマルチ商法的な洗脳法だった。隠れショップでしか注文できない、とプレミア感を謳《うた》って高価なブランド物や宝飾品、インテリア家具などの限定アイテムにそっくり買い替えさせている。

「要は、リボーンを騙《かた》った〝全取っ替え屋〟ってわけだ。しかも表参道、銀座《ぎんざ》、横浜《よこはま》、京都の寂《さび》れた雑居ビルに仕込んだ隠れショップで注文できる限定アイテムは、どれもまともなものじゃない。実際、登紀子さんが購入した商品を専門家に鑑定してもらったら、すべて東南アジアの偽ブランド製造業者に作らせた安価なまやかし物だった。早い話が、やつらはフェイク商品を大量に売りつけ、金が足りない人には高利の資金を貸し付けて荒稼ぎしている。いわば、悩める女性をリボーン洗脳して継続的に金を吸い上げる新手の詐欺商法システムってわけだ」

亜耶はあっけにとられていた。そんな大掛かりな詐欺商法を、あのミリヤ先生が一人で切り回していたとはとても思えない。

「だからさっきも言ったように、吉武ミリヤは勧誘役の一人にすぎないんだ。彼女の背後には巨大な反社会的勢力が介在していて、そこに踏み込まない限り抜本的《ばっぽんてき》な解決には至れない。ところが、邦彦さんの推定だと、すでに登紀子さんは自身の財産から千万単位の金額を注《つ》ぎ込んでしまったらしいんだ。だからおれは根本的な解決より先に、まずは登紀子さんを救済しましょう、と提案して、邦彦さんと事実関係を整理して警察に通報したんだ。なにしろ明日は亜耶の身、だからね」

その判断が奏功した。かねてから当局の捜査班も特定商取引法違反の容疑でリボーン詐欺集団を内偵中だったらしく、登紀子本人にも事情聴取した上で、昨日、直接の容疑者である吉武ミリヤを緊急逮捕してくれた。

「ここまで話せばわかるだろう。吉武ミリヤという女は警察も動くほどの犯罪者ってわけで、そんな女に亜耶は洗脳されてたんだ。ただ、ひとつ注意しなきゃいけないのは、彼女の逮捕直後に、リボーンチャンネルは閉じられ、隠れショップもさっき見た通りだ。つまり、単なる勧誘役にすぎない吉武ミリヤが逮捕されると同時に、リボーン詐欺集団は彼女をトカゲの尻尾《しっぽ》切りした。となると、リボーン洗脳に陥ってしまった亜耶には、今後また新たな勧誘役が近づいてこないとも限らない。そんな危険があったことから、申し訳ないけど、ここしばらくおれは会社に休みをもらって亜耶を尾行してたんだ。すると今日、亜耶は表参道のあの雑居ビルまで足を運んで、こんな結末になった。だから」

言葉を切って健一郎は大きく身を乗りだし、

「だから亜耶には一刻も早く目を覚ましてもらって、おれは思いきり反省しなきゃいけないと思っている。最初にも言ったように、今回のことはおれも含めた家族の問題だ。この一件を我が家が再起するチャンスと捉《とら》えて、いま一度、家族三人で出直したいんだ」

どうかわかってくれ、と亜耶を見つめる健一郎の目には涙が滲《にじ》んでいた。

しばらくぶりに健一郎と二人で寝室のベッドに入った。どちらからともなく体を寄せ合い、健一郎の温もりを感じながら亜耶はつらつらと考えた。

健一郎から打ち明けられた話には、正直、最初は耳を疑った。ところが、穏やかな語り口で、まさかの真相が解き明かされるにつれて、頭の中の霧がみるみる晴れ渡っていった。

あたしって何やってたんだろう。なぜあんな話に乗せられてしまったんだろう。自分ではまともでいたつもりだったのに、あっさり騙《だま》されて瞬く間に取り込まれてしまった。

ようやく覚醒《かくせい》したいま、そんな自分を振り返ると、恥ずかしさと情けなさで自己嫌悪《けんお》に陥るが、健一郎はこう言い添える。

「さっきも言ったけど、これは亜耶だけのせいじゃないんだ。あんな連中に付け込まれる状況を作っちまったおれも、今日を境に変わらなきゃいけないと思ってる。夫婦として、家族として、いま与えられている人生をどう生きていくか。今後は二人で考えていきたいんだ」

これまで本当にごめん、と再び謝られたが、それは亜耶も同じ気持ちだった。

おたがいを思いやりながら、仕事と家庭にどう折り合いをつけていくか。二人でギスギスとやり合うのではなく、二人で支え合いながら日々充実させていく。それが夫婦というものだろうし、そうでなくては一緒にいる意味がない。

翌朝、亜耶は久しぶりに台所に立った。家族三人の朝食を作り、幸樹を起こして三人で食べた。ご飯に味噌汁《みそしる》、塩鮭《しおざけ》に卵焼きというごくふつうの和食だったが、幸樹の嬉しそうな顔を見ているだけで心洗われる思いだった。

ほどなくして幸樹と健一郎を送りだし、亜耶も最後に家を出て通勤電車の中で携帯のネットニュースを開くと、『詐欺商法の女性勧誘員を逮捕』と題されたニュースが目に留まった。記事自体は短いものだったが、亜耶は文中の〝吉武ミリヤこと多田幸江《ただゆきえ》容疑者（35）〟という年齢を見て、あ、と声を上げそうになった。

あのとき吉武ミリヤは五十歳だと言っていたが、本当は三十五歳だった。どうりで若い見た目だったはずだ。となると、十五年前に撮ったという写真は顔が似ているだけの別人だったことになる。そんな簡単な手口でまんまと亜耶は騙されたわけで、これでは詐欺商法が後を絶たないはずだ。

いまさらながら詐欺商法の恐ろしさを思い知らされると同時に、自己嫌悪に見舞われながらレジデンスに出勤すると、

「ねえねえ亜耶さん、知ってます？」

先に出勤していた佳織が声をひそめて、

「熊谷さん夫婦が別れたみたいです」

と囁《ささや》きかけてきた。

「え、ほんとに？」

「さっきゴミ出しに降りてきた鈴木《すずき》さんから聞いたんですけど、奥さんが旦那《だんな》さんを追いだしちゃったみたいで」

仰天した。吉武ミリヤが捕まったというのに、熊谷夫婦に何が起きたのか。

健一郎なら知っているかもしれない。すぐに電話を入れると留守電だった。一応メールを打ってフロント業務に追われていると、昼休憩のときになって折り返し電話があった。

「いやおれもびっくりして邦彦さんに電話してみたら、それ、事実だった」

木野内家の場合は、健一郎が即座に行動したことで亜耶は瀬戸際《せとぎわ》でリボーン詐欺から覚醒して平和を取り戻したが、熊谷夫婦はそうはならなかったようだという。

まだ洗脳が浅かった亜耶と違って、登紀子は二か月以上も前から洗脳の深みにどっぷり嵌《は》まっていた。邦彦が吉武ミリヤ逮捕を伝えてリボーン詐欺の実態を解き明かしても、何かの間違いよ、あたしは予定通りリボーン成就する、と登紀子は言い張って、邦彦が外出していた隙《すき》に、急遽《きゅうきょ》、業者を呼びつけて玄関ドアの鍵を付け替えてしまったという。

「ええっ、それは可哀想《かわいそう》よ」

「でも、それが洗脳ってやつの恐ろしさでさ」

邦彦の話では、もともと登紀子は結婚以来、家庭に入りきりで夫に仕《つか》えてきた控えめな女性だったという。そんな長年の感謝を込めて邦彦は半年前、自分の没後に遺産相続で苦労させないよう、自ら築いた財産の大半を登紀子に生前贈与した。ところが、何不自由ないセレブ生活を送ってきた登紀子は世情に疎《うと》く、この人はあたしと縁を切りたくなったんだ、と解釈した。どこかに愛人がいて、そっちと一緒になりたくて慰謝料代わりに贈与したに違いない、と。

そんな苦悩を抱えた登紀子は、だれかれかまわず相談を持ちかけるようになった。そこに食いついてきたのが吉武ミリヤだった。〝心残りを放置せず、いまこそ生まれ直して二度目の人生を楽しみましょう〟と騙された登紀子は、まんまとリボーン洗脳に嵌まってしまった。それまでは服にもメイクにも宝飾品にもインテリアにも、さほど興味はなかったのに、リバース法という造語に煽られて無我夢中で突き進んでしまった。

「あんな女じゃなかったんだがねえ」

いまは暫時《ざんじ》ホテル住まいだという邦彦が悔しそうに漏らしたそうだが、まさに洗脳の恐ろしさを痛感させられる。

「だけど、そんなことが繰り返されてるなら、元締めの反社を徹底的に潰しちゃえばいいのに」

亜耶は言った。

「そう思うだろ？　でも潰せない。ていうか、裏で反社と通じてて潰したくない連中がこの国を牛耳《ぎゅうじ》ってるから、ずっと同じ繰り返しになってるらしくて」

「もう最低」

「だよな。結局、家族のことは家族で守るしかないから、我々みんなが声を上げて、本気で正していかなきゃヤバい状況ってわけ」

「そうだったんだ。あなたがいてくれなかったら、あたし、どうなってたか」

本当にありがとう、と改めて亜耶が感謝を伝えると、おれのほうこそ、本当に申し訳なかった、と健一郎もまた謝り、

「皮肉な話だけど、今日は、おれたち夫婦のリボーン記念日だな」

ため息まじりに呟いた。

最終話

アラカンの恋

初めてその男性を見かけたのは、レストラン悠々《ゆうゆう》で真菜美《まなみ》とランチを食べているときだった。

「あら、どうしたの？　さっきから向こうのテーブルの男に見惚《みと》れちゃって」

赤ワインのグラスを手にした真菜美にからかわれた。

「違うの、そんなんじゃなくて」

ペスカトーレをフォークに巻きながら、芳美《よしみ》がしどろもどろになっていると、

「いいのよ、誤魔化《ごまか》さなくて。ここの居住者にしてはめずらしくイケてる男だから、純な芳美が見惚れちゃう気持ちもわかるし」

真菜美がくすくす笑った。

「ほんとにそんなんじゃないの。ただ、シニアになってもかっこいい人っているんだなあ、と思って」

芳美は照れ笑いしたが、実際、老後を絵に描いたような冴《さ》えないシニア男性しか見かけない店内で、ロマンスグレーの髪に白い口髭《くちひげ》を生やしたダンディっぷりは際立っている。

「芳美ったら目敏《めざと》いわよねえ。実はあの人、元パイロットの五十嵐《いがらし》さん。四か月前に、うちの一階上に引っ越してきたんだけど、ダンディでかっこいいし、面倒見もいいし、おまけに独り身なんだって」

事情通の真菜美らしく、すらすらと説明してくれたが、そう聞くと、ますますロマンスグレー紳士が魅力的に映る。

芳美が若い頃は、高学歴、高収入、高身長の〝三高《さんこう》〟が理想の男性と言われたものだが、一人

テーブルに着いている五十嵐は元パイロットにして身長も高そうだから、三高を地でいっている。それだけに密かに恋心を寄せているシニア婦人も多いそうで、

「居住者カラオケ大会でも人気者だから、けっこうライバルが多いわよ」

と真菜美は片目を瞑《つむ》り、亜麻色《あまいろ》に染めたショートヘアを揺らしてパエリアを口に運ぶ。

真菜美とは半年前、芳美がここに転居してきたときゴミ置場で出会った。たまたまゴミ出しのルールを教わったのがきっかけで、以来、どこか惹《ひ》かれるものがあって親しくしている。同じ六十一歳なのもよかったのか、二人でランチ酒を楽しんだり、悠々ジムで運動したり、タクシーで都心にショッピングに出掛けたり、この歳にして女子高生みたいに手を繋《つな》いで遊び歩く仲になっている。

一般に還暦《かんれき》過ぎの女性というと老婆《ろうば》だと思われがちだが、いまどきのセレブなアラカン女性には当てはまらない。とりわけ、若くしてアパレル会社を起業して五十代で会社を売却するまで独身を貫いてきたという真菜美は、美容にもファッションにもお金をかけてきたからか、ときに四十代と間違えられるほど見た目もセンスも若い。

経営者時代から楽しんできた夜遊びも絶賛継続中だそうで、都心の知人から誘われたセレブパーティにも出入りしているらしく、

「帰りにつまみ食いしてきちゃった」

と明《あ》け透《す》けに言われたこともある。

「だって男も女も、いくつになっても性欲はあるものだし、逆に性欲がなくなったら人間として

終わりだもの」

　いまどきのラブホテルはシニアで溢《あふ》れてるんだよ、と男女カップルさながらに芳美をギュッと抱き締めてみせる。

　そこまでオープンな言動には、正直、芳美は引いてしまっているけれど、本音を明かせば、もう恋心などない、と言ったら嘘《うそ》になる。真菜美のようにつまみ食いするほど開けっぴろげではないものの、恋心に年齢は関係ないと思うし、たまにはイケメンとデートしてどきどきしたい気持ちもなくはない。

「だったら五十嵐さんとの接点を見つけて、いつものカラオケ屋で交流パーティでも開こうか。あたしも気になってる人がいるし」

　真菜美が思わせぶりに言う。

「だれが気になってるの？」

　フォークを止めて問い返した。

「まだ内緒」

「それは狡《ずる》いよ、あたしばっかりけしかけて」

　だれなの？　とさらに問い詰めても、

「教えない。ほんとに好きな人は秘密にしときたいじゃない。芳美だって、肉食の好きと本気の好きは別でしょ？」

「やだもう露骨な言い方しないで」

「ほら、そのぶりっこ顔。この前、レストランで食事会したときも、その顔してお爺《じい》ちゃんたちをメロメロにしてたじゃない」

「もう、怒るわよ。ほんとにそういうこと言わないで」

ふくれっ面《つら》をしてみせて芳美も赤ワインのグラスを空けた。すると真菜美が、にやにやしながらパエリアの残りを口にして、

「とにかく、あたしが接点を見つけてあげるわよ。人生、まだまだ楽しまなきゃね」

また片目を瞑ってみせると、ナプキンでゆっくりと口を拭《ぬぐ》った。


十二階に上がって自宅のドアを開けた途端、おいしそうな匂いが漂ってきた。

七歳上の夫、相良重治《さがらしげはる》が何か作っているようだ。キッチンに顔をだすと、重治は湯気の立つ鋳《い》物《もの》の琺瑯鍋《ほうろうなべ》をゆるゆると掻《か》き混ぜていた。

「あら、今日は早帰り？　あたし、お昼は食べてきちゃったんだけど」

ごめんね、と謝ると、

「いやいや、これはディナー用だ。久しぶりに牛肉の赤ワイン煮を食べたくなったんで、いまから煮込んでるんだよ」

重治はシミが浮いた下膨《しもぶく》れ顔を綻《ほころ》ばせ、鍋を覗《のぞ》き込んでいる。見た目は元パイロットとは大違いの小太りの好々爺《こうこうや》、といった風情《ふぜい》だが、いい夫と結婚したものだと思う。

もともとは港区《みなと》のホテルでシェフをやっていた重治だが、三十代半《なか》ばで独立し、フレンチと日

本独自の洋食をほどよく融合《ゆうごう》させた洋食屋を渋谷《しぶや》に開いた。そのコンセプトが当たって、四十代になる頃には都内に五店舗を構える洋食屋チェーンに拡大。それまでは社長兼総料理長として重治自身も厨房《ちゆうぼう》に立っていたのだが、都内に二十店舗を超えた五十代に入ると社長業に専念しはじめた。

やがて還暦の年に社長の座は娘婿《むすめむこ》に譲り、いまは相談役として各店舗を順繰り視察して歩いては、創業者としてアドバイスを授《さず》けるのが日課になっている。

といっても、激務の社長時代より多少は時間に余裕がある。そもそも料理好きが昂《こう》じてシェフになった重治だけに、たまに店舗視察が早めに終わったときは食材を買い込んできて、嬉々《きき》として自宅のキッチンに立っている。

それもあって結婚独立した二人の娘も、

「お父さんの料理、食べたい」

としばしば帰ってきて重治を喜ばせているが、そんな父娘を見るにつけ、重治と結婚してよかった、と微笑《ほほえ》ましい気持ちになる。

なのに、今日のあたしったらどうしちゃったんだろう。こんないい夫と老後を楽しんでいるというのに、いまも元パイロットの姿がチラついている。あたしも実は真菜美みたいな露骨で開けっぴろげな女なんだろうか。

急に自分がわからなくなってぼんやりソファに座っていると、インターホンが鳴った。

「相良さん、門脇《かどわき》です」

隣の奥さんだった。レジデンスの回覧板は、居住世帯を七班に分けて班ごとに回している。十階から十二階の居住世帯は四班になるのだが、このネット時代に、いつまでアナログでやるつもりだろう、と面倒臭く思いながらも、

「ありがとうございます」

バインダー式の回覧板を受け取ってドアを閉めようとすると、

「あ、それと回覧板にも書いてあるんだけど、来月、管理組合の総会で新役員が選任されるのね。四班の新役員は相良さんの番だから、再来週の日曜日、空けといてほしいの。現役員と新役員が集まって新三役と新担当を決める事前会議を開くらしくて」

「あの、新役員って、どういうことです？」

「あら聞いてなかった？　管理組合の役員は、毎年、各班ごとに輪番制で回してるの」

レジデンスの区分所有者は全員、住環境と資産価値を守る管理組合員になるのが決まりで、全組合員の中から毎年、十四人の役員が選任される規定になっている。ただ、その手の仕事はやりたがらない人が多いため、それぞれの班ごとに毎年順繰り二人ずつ役員になるのが慣例だそうで、

「まあ一年の辛抱《しんぼう》だし、よろしくね」

と言い置いてお隣さんは帰っていった。

さて、どうしたものか。いきなり役員と言われても何をやるのかわからない。ここは世帯主にまかせるしかないか、とキッチンにいる重治に声をかけると、

「ああ、役員か。そういえば、ここを買ったとき不動産屋から聞いたよ。しかし日曜だと、おれは出席できんなあ」

首を横に振られた。飲食チェーンにとって休日は稼ぎどきだ。相談役に退《しりぞ》いたとはいえ、創業者として休日の店舗状況の視察は欠かせないそうで、

「すまんが代理で出席してくれんかな。十四人も役員がいるんなら、お飾りで座ってれば大丈夫だろうし」

どうせ町内会みたいなもんだろうから、頼む、と拝むように手を合わせて乞《こ》われた。

言われてみれば、戸建て暮らしの頃、芳美は何度か町内会の総会に出席した。結婚して以来、ずっと専業主婦だっただけに、町内の人たちと交流しておけば何かと便利かも、と軽い気持ちで参加していたのだが、管理組合もあんな雰囲気なんだろうか。

念のため、事情通の真菜美に電話して、

「いま急に役員の順番が回ってきたんだけど、何をする仕事なの？　あたしにできるかな」

と聞いた途端、

「やだ芳美、自分で接点見つけちゃったね」

真菜美が声を上げた。

「は？」

「お気に入りの五十嵐さんにも、うちの班の新役員が回ってきたらしいの」

よかったわねえ、と勝手に喜んでいる。

「それどころじゃないわよ。役員なんて初めてだし、あたし、どうしたらいいか」

「何言ってんの。それこそ五十嵐さんに、何もわからないんですう、って擦《す》り寄るチャンスじゃない。頑張《がんば》って！」

笑いながらけしかけられて、

「んもう、そんなんじゃないんだって」

芳美は、はあ、とため息をついた。


それからの二週間は、どこかふわふわした気持ちで過ごした。

真菜美にはああ言ったものの、ふと気がつくと事前会議を心待ちにしている自分がいた。けっして夫が嫌いなわけではないのだが、脳裏にチラつく元パイロットの姿が日を追うごとにくっきりと輪郭を持ちはじめ、昨夜など夢にまで登場した。

やっぱあたし、どうかしちゃったのかも。そんな自分をたしなめながらも、いざ事前会議の当日を迎えると、店舗視察に出掛ける重治を見送るなり、いつになく時間をかけて入念にメイクしていた。

おかげで多目的ルームに到着したのは開始時刻の午前十時ぎりぎりになってしまい、

「すみません、遅くなりまして」

謝りながら部屋に入ると、現在の理事長以下十四人の役員と、輪番で回ってきた新役員候補十三人が二列の長テーブルに向かい合わせに座っていた。芳美のような代理出席者も多いようで三

分の二はシニア婦人で、これには安堵《あんど》して新役員候補の末席に座るなり、

「それでは会議をはじめます」

現理事長が口火を切って、早速、新役員候補の役職決めがはじまった。

段取りとしては理事長、副理事長、財務統括責任者の監事から成る三役を決め、残りの役員たちには総務、広報、防災といった役職を割り振っていくのだが、会議はのっけから難航した。まずは理事長の立候補者を募《つの》ったものの、だれも手を挙げない。そこで現理事長がランダムに指名して立候補を促《うなが》したが、

「私はまだ現役の取締役で毎日出社しているので、ご迷惑をかけるといけないので」

「うちも夫が経営者で多忙なので、代理の私には大役すぎてとてもとても」

「私ら夫婦は、レジデンスと故郷の沖縄の家を半年ごとに行き来してるから無理なんです」

案の定、みんな尻込みする。芳美も同様の気持ちだったが、すかさず現理事長が言った。

「それでは、昨年同様、病気や二重生活の方を除いて、くじ引きで決めましょう」

これも慣例通りらしいが、それでも新役員候補たちがしぶっていると、突如《とつじょ》、理事長！　と新役員の一人が手を挙げ、

「そういうことでしたら、私が立候補します」

と買って出た。だれだろう、と窺《うかが》い見ると五十嵐だった。数少ないシニア男性の中でも、ぴしりと背筋を伸ばした男っぷりは異色の存在感を放っている。おお、とばかりに全員の視線が集まると、五十嵐は静かに立ち上がり、

「私は独り身ですし、仕事も引退しましたので、皆さんのお役に立てればと存じます」

よろしくお願いします、と頭を下げた。これには現理事長もほっとした様子で、

「皆さん、五十嵐さんの新理事長就任に、ご賛同いただけますか?」

全員に問いかけると同時に、拍手《はくしゅ》が沸き起こった。間髪《かんはつ》を容《い》れず現理事長は続ける。

「ありがとうございます。それでは五十嵐新理事長のもと、残る役職はくじ引きで決めてよろしいですね」

しぶしぶの拍手が返ってきた。五十嵐が率先《そっせん》して重責の理事長に就《つ》いたことで、ほかの新役員候補も抗《あらが》えなかったのだろう。現副理事長が手早く作ったあみだくじを順に引き終えたところで、現理事長が結果を確認した。

「新副理事長は相良さん!」

芳美はうなだれた。こんなときに限って引き当ててしまうくじ運の悪さにがっくりきていると、

「相良さん、このレジデンスのために一緒に頑張りましょう」

五十嵐が声をかけてきた。ほかの出席者からも、しめたとばかりに拍手されてしまい、こうなってては断れない。ここ二週間、気にかかっていた五十嵐も一緒のことだし、まあいいか、と仕方なく腹を括《くく》り、

「うちの主人は休日も仕事なものですから、代理の私でよろしければ」

と引き受けると、

「ありがとうございます。私も精一杯、頑張りますので」

五十嵐が白い口髭を撫《な》でつけながら穏《おだ》やかな笑みを浮かべた。

それからは早かった。ほかの役職もあみだくじでどんどん決まっていき、三十分後には現理事長が、

「正式には来月、四月頭の管理組合総会をもって役員を引き継いでいただきます」

と宣言。それを受けて五十嵐新理事長が、

「まだちょっと早いですが、現役員の皆さん、お疲れさまでした。続く一年、私たちが手を取り合ってこの住環境と資産価値を守ります」

と力強く締め括って散会となった。

ほどなくして十二階の自宅に戻った芳美は、即刻、真菜美に電話を入れた。電話せずにはいられなかった。

「結局、あたし、副理事長にされちゃった」

「え、そうなんだ。まあでも一年だけのことだし、それより五十嵐さんとは縁《えん》を繋げた？」

真菜美はそっちのほうに興味があるらしい。

「五十嵐さんは理事長になったから、今後は二人三脚って感じ」

そう伝えるなり、

「やっぱ芳美はやり手ねえ、まんまと寄り添っちゃって」

意味ありげに笑っている。

「そんなんじゃないって。けど今日は正直、惚《ほ》れ惚《ぼ》れしちゃった。五十嵐さん、みんなが嫌がってる理事長に立候補したのよね。ほかのみんなも感謝してたし、あたしも彼のサポートならできそうな気がする」

実際、五十嵐にもみんなの気持ちが伝わったのか、散会の直後に、

「相良さん、四月の総会前に一度、今後の方針について打ち合わせしませんか」

と意欲満々に言ってくれ、近々に五十嵐と会うことになって携帯番号とメールアドレスを交換した。

「へえ、芳美ったら、ますます五十嵐さんに入れ揚《あ》げちゃうね。ガンバガンバ！」

高校時代っぽく気合いを入れられて、

「んもう、やめてよ」

芳美が照れ笑いすると、

「照れない照れない。理事長と副理事長の恋なんて、深夜ドラマみたいで素敵じゃない」

頑張ってね、と最後にまたけしかけられた。


三日後の昼、芳美は約束の五分前にレストラン悠々に入り、奥の個室のドアを開けた。

「わざわざ申し訳ありません」

すでに到着していたスーツ姿の五十嵐がテーブルから立ち上がり、丁寧《ていねい》に頭を下げた。内密の打ち合わせとあって、わざわざ個室を押さえてくれたそうで、

「食事は何にします？　まずは注文しちゃいましょう」

と向かいに座った芳美にメニューを見せる。

「じゃあ、とろとろオムライスで」

「ああ、いいですねえ。でも私、こういうときはカツなんです。大役を担《にな》うからには、まずは自分に勝つ。なんて高校球児みたいで恥ずかしいんですが」

五十嵐は笑いながらオムライスと特撰《とくせん》ロースカツ御膳を注文し、

「今回は、あなたのような方がサポートについてくれて心強く思ってるんですよ」

と言いながら持参のファイルケースから書類を取りだした。早速、打ち合わせをはじめるつもりらしく、書類には『組合員への提案書』とタイトルがつけられている。

「これ、五十嵐さんが作ったんですか？」

「ええ、レジュメがあれば話が早いので」

五十嵐はにっこり微笑み、

「一年という在任期間は短いので、来月の総会で新たな提案をしようと思いまして」

と芳美に書類を手渡して言葉を繋ぐ。

「実は私、四か月前に入居したんですが、今回、思いきって理事長に立候補したのは、ここの居住者が管理組合に無関心すぎると思ったからなんですね。相良さんもお気づきかもしれませんが、現状、管理組合が委託してる管理会社って酷《ひど》いじゃないですか」

「管理会社って、ゴミ置場を掃除《そうじ》したりしてくれてる業者のことですか？」

「そうです。ほかにも共有部分の設備点検とか修繕工事とか、いろいろと管理業務を請《う》け負《お》ってくれてるんですが、詳しくは提案書の二ページ目を読んでください」

当該《とうがい》ページを開いてみると、管理会社の四つの仕事が挙げられている。一、管理費や修繕積立金の徴収《ちょうしゅう》など〝事務管理業務〟。二、居住棟の受付や点検、立会、報告連絡に加えて共有施設棟の運営管理も含めた〝スタッフ管理業務〟。三、日常清掃や特別清掃など〝清掃業務〟。四、電気設備、給排水設備など〝建物設備管理業務〟。

「これらの業務を委託するために、居住者は毎月高額な管理委託費を支払っています。にもかかわらず管理業務の現状はどうなのか。主婦の相良さんならお気づきと思いますが、設備点検やメンテナンスが雑だったり、清掃が手抜きだったり、急な修繕への対応が遅かったり、高額な管理委託費に見合わないほどクオリティが低いじゃないですか」

言われてみれば、芳美も入居当初、水漏れがあって管理会社を呼んだら、一週間も待たされたものだった。廊下や階段の掃除が雑で困る、といった不満もけっこう聞かれる。

「そう、そうなんです。そんな管理会社に、いずれレジデンス全体の大規模修繕工事を委託したら、どうなると思います？　つぎの三ページ目も読んでください」

そこには大規模修繕工事例として、外壁補修工事、防水工事、鉄部の塗装工事、給排水管工事など大掛かりな工事ばかり挙げられている。資金も相当にかかるらしく、これだけの仕事を現状の管理会社に委託したらどうなるか。日頃の管理業務の怠慢《たいまん》と同様に大規模修繕工事も手抜きされたら、住環境も資産価値も失墜《しっつい》し、将来的にレジデンス全体がスラム化しかねない、と書かれている。

「確かに怖いですね」

芳美が眉根《まゆね》を寄せていると、そこに食事が運ばれてきた。すかさず五十嵐が割り箸《ばし》を割り、ロースカツをひと口食べてから聞く。

「ちなみに相良さんは、この現状をどう改善すべきだと思いますか？」

芳美はオムライスを口に運びながら、

「どうすればいいいんでしょう」

上目遣《うわめづか》いに問い返した。

「ぼくは、いますぐ管理会社を変更するしかないと思ってます」

五十嵐がきっぱり言った。現状の管理会社はレジデンス悠々を建設分譲《ぶんじょう》した大手デベロッパーの系列会社だそうで、大企業特有の上から目線で居住者は舐《な》められているという。

「でも、そんな簡単に変更できるものですか」

「できます。区分所有者全員が、変えよう、と決意しさえすればできます。なぜなら」

言葉を切って五十嵐は身を乗りだした。

「なぜならぼくは、以前、都心のタワーマンションに住んでいたとき、既存《きそん》の管理会社の怠慢に怒った区分所有者たちと結束して、優良管理会社に変更した経験があるんですね。それもあって今回、理事長に選ばれたとき、ここでも管理会社を変更しよう、理事長として実現すべき仕事はこれしかない、と決意したんです。ですから、ここからはお願いなんですが、相良さんも副理事長としてぼくの思いに寄り添ってほしいんです。理事長と副理事長が一枚岩になって区分所有者に訴えかければ、絶対に実現できます。この素晴らしい住環境と資産価値を一緒に守りましょう！」

お願いします！　と箸を置いて握手《あくしゅ》を求めてきた。その目は輝いていた。だれもやりたがらない理事長職に自《みずか》ら立候補した人ならではの情熱が宿っている。

そんな五十嵐に改めて惚れ惚れとしながら、芳美もスプーンを置いてうなずき、

「あたしも頑張ります」

と握手を交わした。その大きくて分厚い手には、五十嵐の主張と同じくらい熱い血潮が漲《みなぎ》っていた。

近頃はあまり使わないが〝シャンシャン総会〟という株主総会に端を発する言葉がある。ろくに議論もしないで形式的に議事を進行し、経営側の仲間が、異議なし！　賛成！　と声を張り上げ、シャンシャンと手締めをしてさっさと終わらせる。そんな体裁《ていさい》だけの総会を揶揄《やゆ》した言葉で、これまでの管理組合の総会はいつもシャンシャン総会だった、と真菜美が言っていたが、今回は結果的に、それとは真逆になった。

総会の会場は、近隣の中学校の体育館だった。全二百六十戸の組合員が集まるだけに、共有施設棟の多目的ルームでは入りきれないのだろう、と考えながら体育館に入ると、出席者はなんと百人を切っていた。正面には演壇が設《しつら》えられ、その両脇に新旧の役員が居並んでいるものの、組

合員席にちらほらと座っている出席者の三分の二ほどは芳美と同じく代理出席の妻たちだった。最後列には真菜美の姿も見えるが、彼女も所在なさげに事前に配られた議案書などの書類に目を通している。

この人数で総会が成立するんだろうか。さすがに心配になって隣の五十嵐に漏らした。

「出席率、悪いんですね」

「いえ、大丈夫です。いま会場に九十人いるとして出席率は三十五％。一般的な管理組合の総会よりは多いほうだし、しかも〝議決権行使書〟及び〝委任状〟を提出した組合員が五十％ほどいるそうです。つまり合計出席率は約八十五％ですから十分に議決できます」

と簡潔に説明してくれた。

五十嵐はもうそこまで把握《はあく》している。心強さを覚えていると、

「それでは時間となりましたので、本年度のレジデンス悠々管理組合の総会をはじめます」

総会議長を務める現理事長がマイクを手に宣言し、この一年の事業報告と収支決算をざっくりと総括した上で、先日の事前会議で取りまとめた新役員候補を紹介した。

実質的には事前会議で決まったとはいえ、総会で決議されなければ正式には就任できない。五十嵐新理事長候補以下十四人の役員候補が演壇に立つと、早速、五十嵐がマイクを握《にぎ》って先日の事前会議の経緯《けいい》を伝え、

「新年度の管理組合は、この十四人の新役員が務めさせていただきたく、皆々様のご賛同をいただければと存じます」

と締め括った。すかさず現理事長が告げる。

「では採決に移ります。本議案につきまして、ご承認いただけますでしょうか」

早々の採決だったが、いまさら文句を言う出席者はなく、全員が挙手をした。

「ありがとうございます。事前にご提出いただいた議決権行使書と委任状による賛成票も合わせて過半数となりましたので、本議案は原案通り承認可決されました」

現理事長が発表すると拍手が沸き起こり、五十嵐新理事長がスーツのネクタイを締め直して再びマイクを握った。

「この度は、ご承認いただき、ありがとうございます。また昨年度の理事長以下役員の皆様、お疲れさまでした」

まずはそつなく挨拶《あいさつ》して深々とお辞儀をすると、ふと表情を引き締めて続けた。

「さて本日、この場を借りて新理事長就任の決意表明をさせていただきます。と申しますのも、いまレジデンス悠々は大きな危機に瀕《ひん》しています。受付でお渡しした議案書にも記した通り、これまで多くの役員の方々が努力されてきたにもかかわらず、現管理会社の怠慢によって、この素晴らしい住環境と資産価値が損《そこ》なわれようとしています。いまこそ管理会社を変更しなければ、ゆくゆくは住環境と資産価値が失墜し、レジデンスがスラム化しかねない瀬戸際《せとぎわ》に私たちは立っているのです！」

拳《こぶし》を振りかざして危機感を訴えかけた。

組合員たちが動揺している。新理事長から突然危機を煽《あお》られて、どう受け止めたものか戸惑《とまど》っ

ているようだ。そのとき、

「すみません！」

と声が飛んだ。五十嵐が会場を見回している。芳美も声の主を探すと、最前列のシニア婦人が手を挙げて発言を求めている。五十嵐が婦人に歩み寄ってマイクを渡した。

「主人の代理で出席している立花《たちばな》と申しますが、私もまったく同感です。主婦の皮膚感覚として、いまの管理会社にまかせておいたらこのレジデンスに未来はないと思います。主人もいつも、せっかく気に入って入居したのに早く改革しないと廃墟《はいきょ》になりかねない、と心配していま す。ですから五十嵐さん、新理事長としてぜひ改革してください。管理会社を変更してレジデンスを救ってください」

この切実な言葉が、戸惑いが満ちていた会場の空気を一変させた。

「そういえば、うちの電気配線の修理、まだやってくれないのよ」

「廊下とかの掃除だって出鱈目《でたらめ》だし」

「うちなんかクレームの電話を入れたら、契約通りの仕事をやってますけど、って開き直られちゃって」

会場のそこかしこで、そんな声が飛び交いはじめた。願ってもない反応に、五十嵐が大きくうなずいてたたみかけた。

「皆さんのお気持ち、私も本当によくわかります。だからこそ、新理事長に就任した本日、私の初仕事として組合員の皆さんに緊急動議を提出したいのです。私が担うべき最優先事項は、当レジデンスの管理会社を変更することとしてよろしいでしょうか！」

賛成！　賛成！　と早くも声が飛んだ。そのタイムリーな賛意に応えるように、

「それでは、善は急げで採決します。今期の理事長及び役員会が果たすべき最大の仕事は管理会社を変更すること。ご承認いただけますでしょうか！」

休日の体育館に響き渡る声で問うた瞬間、九割方の組合員が挙手した。

「ありがとうございます！　出席者と委任状の賛成票だけで過半数を大幅に超えたため、本議案は可決されました！」

五十嵐が誇らしげに声を張り、異例の議案が瞬《また》く間に決議された。


この日の夕方、芳美はレジデンスの最寄駅で真菜美と落ち合った。

総会が終わった直後に、今夜飲まない？　と真菜美からメールが入って待ち合わせたのだが、めずらしく電車で移動するのかと思ったら、駅の裏手にある居酒屋へ連れていかれた。

いつもなら都心のおしゃれなレストランで食事をしてオーセンティックなバーに立ち寄る流れなのだが、どうしたんだろう。

不思議に思いながら赤提灯《あかちょうちん》を下げた店内に入ると、カウンターとテーブル席が並ぶ大箱店は若い男女で賑《にぎ》わっていた。その何人かの客と真菜美は親しげに挨拶を交わしながら奥へと進み、二人掛けのテーブルに落ち着いて生ビールとモツ煮込みを注文した。

「真菜美はこういう店にも通ってるんだ」

場慣れしていない芳美は小声で聞いた。

「内緒にしてたんだけど、この居酒屋には共有施設棟で働いてるスタッフがけっこう来るのよ。ここで飲んでるとレジデンスの内情がわかるから、ときどき立ち寄ってたら、いろんなスタッフと親しくなっちゃって」

「そっか、だから真菜美は事情通なんだ」

思わず納得していると、

「まあそれだけじゃないんだけどね」

ネット検索して深掘りするのも趣味のひとつだし、と真菜美が肩をすくめたところに生ビールとモツ煮込みが運ばれてきた。

まずは乾杯、と二人で生ビールを口にして、ふう、と息をつくなり真菜美が切りだした。

「それにしても、今日は異例の総会になっちゃったね」

いつもなら前期の事業報告と収支決算の説明に続いて新役員を承認したところで、シャンシャン総会よろしくあっさり散会になるそうで、こんな総会は初めてだという。

「それもこれも五十嵐さんのおかげなの」

芳美は上気した顔で答えた。レストランの個室で打ち合わせして以来、五十嵐は総会に向けて精力的に動きはじめた。だれもが敬遠する理事長職に自ら進んで就いたばかりか、レジデンスの将来を本気で憂《うれ》えていた。

そんな五十嵐の姿を目の当《ま》たり《あ》にして、副理事長の芳美も黙って見ていられなくなった。五十嵐が考えた総会のシナリオを文書化したり、関係各所との連絡業務を担ったり、初の総会に向けて五十嵐の秘書さながらにサポートしてきた。

そうした努力の甲斐《かい》あって、総会中盤からの五十嵐の異例の訴えかけは、おざなりな態度でいた総会出席者たちの心を鷲掴《わしづか》みにした。日頃から管理会社に不満を抱《いだ》きながらも、抜本的な対策を打てないでいた出席者たちの気持ちが一気にひとつになった。

それだけに、総会が終わっても芳美は舞い上がっていた。当初はダンディな見た目だけに惹かれていたのだが、五十嵐はそれだけの人ではなかった。実行力と統率力、さらにはカリスマ性まで備えた姿に心を奪われた。

そんな芳美の想いが五十嵐にも伝わったのだろう。総会の後片付けを終えて、最後に五十嵐と二人で体育館をチェックして歩き、これでよし、と立ち去ろうとしたそのとき、

「芳美くん、いろいろとありがとう」

初めて〝くん〟付けで礼を告げられ、慣れた手つきで力強くハグされた。その長い腕の中に包み込まれた瞬間、芳美は思春期に戻ったようなときめきを覚えた。

「やっぱ五十嵐さんって素敵よね。あたし、あの最後のハグでめろめろになっちゃった」

酔いが回りはじめたせいか、思いきって打ち明けてしまうと、

「やだ芳美、もうそんな仲になったんだ」

真菜美が驚いている。

「べつに、いやらしいハグじゃないのよ。あの人は国際線に乗務してたそうだから、感謝を込め

た欧米風の自然なハグだったし」

「そうだとしても早くない？」

真菜美が微妙な表情でいる。あんなに明け透けに男遊びを語っていたくせに思いがけない反応だったが、

「とにかくあたしは精一杯、五十嵐さんをサポートしていくと決めたの。あの人がいれば、このレジデンスの未来も明るいし」

そう言い添えて芳美は生ビールを飲み干し、レモンサワーを頼んだ。それでも真菜美は釈然《しやくぜん》としないらしく、

「まあ、そういうお付き合いがあってもいいかもしれないけど、ただあたし、ひとつ引っかかってるんだよね。五十嵐さんったら最後に、今回の仕事を全《まつと》うするまで理事長をやり続ける、って言いだしたでしょう」

「ああ、あれにもあたし、感激した」

管理会社を変更するという画期的な決議に続いて、さらに五十嵐はこう提案した。

管理会社の変更を成《な》し遂《と》げるには、大手デベロッパー相手に周到な準備と粘り強い交渉が不可欠となる。理事長の任期一年間で、新たな管理会社が安定稼働しはじめる段階まで達成できるかどうか、ぎりぎりのスケジュールだと言わざるを得ない。

そこで、一年の任期中に新管理会社が安定稼働に至っていないと判断された場合は、緊急事態宣言を発出。安定稼働の達成まで理事長の任期を延長し、全権が委任される緊急事態条項を管理

組合規約に追加してほしい。そう五十嵐が訴えかけて、これまたあっさり可決されたのだが、そこまで性根《しょうね》を据《す》えた五十嵐の意気込みに感じ入ったものだった。

「だけど、やっぱあたしは心配」

それでも真菜美は憂い顔でいる。

「どうして？」

「だって任期延長して全権委任なんてやりすぎよ。理事長のやりたい放題になるじゃない」

「そうかなあ。だれもやらなかった難題に本気で取り組もうとしてるんだから、素晴らしい話じゃない」

「そんな単純な話じゃないって。あたし、あの人はヤバい気がしてきた」

「いまさら何よ、あんなに推《お》してたくせに」

「ていうか、あの頃はまだわかってなかったのよ。よくよく考えてみると、立花さんの言葉もやらせっぽかったし」

「立花さん？」

「五十嵐さんがレジデンスの危機を訴えたとき、あたしも同感だからぜひ管理会社を変更して、って発言した女性よ。あの人、五十嵐さんと密会を繰り返してるほど親しい人なのよね。ああ見えて彼は手が早いらしいから、賛成賛成って、やらせっぽく叫んでた女性たちも何か怪しいし」

「手が早いとかやらせとか、ちょっと言葉を慎《つつし》んでよ。五十嵐さんと親しいからこそ、なおさら彼女たちは共感したんだと思う」

「だからそうじゃなくて」

真菜美はもどかしそうに言い放ったかと思うと、そろそろ行こっか、と生ビールの残りを飲み干して立ち上がった。

何が気に障《さわ》ったんだろう。突如、五十嵐批判に回った真菜美に違和感を覚えた。今夜はもっと飲みたかったのだが、仕方なく芳美も席を立つと、不意に真菜美が歩み寄ってくるなり喉《のど》から絞《しぼ》りだすような声で、

「あたしは芳美のことが心配なの」

と呟《つぶや》いて抱き締めてきた。

どきりとした。友愛のハグならこれまでも何度かされたが、それとは違う恋心が宿っているように感じたからだ。もともと真菜美は中性的な魅力を湛《たた》えていて、女の目から見ても素敵な女性だけに、そっちの気《け》があるんだろうか。

ふと思って、はっとした。真菜美は芳美が五十嵐に急接近したことを妬《や》いているんじゃないのか。からかい半分、五十嵐を推していたら芳美が本気で入れ込みはじめた。それに嫉妬《しっと》して五十嵐を批判しはじめたんじゃないのか。

まさか。真菜美にそんな性的指向があったなんて。仮定の想像ながらどぎまぎしていると、真菜美はそっとハグを解き、飲み代をテーブルに置いて居酒屋を出ていった。


総会が終わってからの五十嵐の動きは、予想以上に早かった。

芳美としては、ようやく日常生活に戻れたつもりでいたのに、翌日の午前中には早くも『今後の活動について』と題されたメールが送られてきた。

『昨日は、お疲れさま。ついては、総会の決議を受けて管理会社の変更に取り組む前に、まずは早急に管理費を値上げします。これは役員会案件のため、早々に臨時役員会を招集すべく段取りを組んでください。できれば来週、遅くとも再来週には決着をつけたいので、多目的ルームの予約も含めて、よろしく』

芳美は首をかしげた。まずは早急に管理費を値上げなんて、そんな話は初めて聞いた。それでなくてもセレブ仕様のレジデンスの管理費は高額だ。それをまた値上げするとは、どういうことか。何かの間違いでもいけない。念のため電話してみると、間違いなんかじゃない、と五十嵐がため息まじりに続ける。

「いいか、よく考えてくれるかな。管理会社を変更するには交渉事やら何やらで、それなりの経費がかかるよね。といって、いまの管理費から経費を捻出《ねんしゆつ》するわけにはいかないし、大規模修繕工事に備えて積み立てている資金にも手をつけられない。となれば緊急措置《そち》として、月々の管理費に何%かの一時金を上乗せして賄《まかな》うしかないだろう」

違うか？　と棘《とげ》のある口調で迫られて言葉に詰まっていると、

「だからとにかく、早急に多目的ルームを予約して役員を招集してくれ」

苛《いら》ついた声で命じられた。

昨日までとは明らかに違う五十嵐の態度に戸惑ったものの、とりあえず多目的ルームに内線電話を入れてみた。

「申し訳ございません、来週は月曜も火曜も午前中は予約が入っておりまして」

午後でしたら空いております、と受付スタッフから告げられた。

「じゃあ来週月曜の午後にお願いします」

とりあえず部屋を押さえて再び五十嵐に電話を入れると、

「午後じゃだめだろう。この手の会議は午前中に限るんだから、来週月曜の午前中の予約、キャンセルさせろ」

忌々《いまいま》しげに告げられた。

「それはちょっと」

「何でだめなんだ。こっちは重責を担ってる管理組合の役員会だぞ。奥様相手のヨガ教室やら着付け教室やらとはわけが違うんだ」

「でも」

無理なものは無理と反論しようとした途端、

「もういい！」

ぷつりと電話を切られた。

こんな上から目線で物を言う人なのか、とびっくりしたが、それだけ責任感が強い人なのかもしれない。そう自分に言い聞かせて気持ちを落ち着かせていると、十分としないうちに五十嵐のほうから電話がきた。

「来週月曜の午前中の予約、キャンセルさせたから準備を進めてくれ。それと、前にも言ったことだが、我々管理組合は管理会社の雇い主なんだ。多目的ルームの受付スタッフもレストランの調理人もジムの支配人も、居住棟のコンシェルジュも警備員も清掃員も、すべて我々の配下なんだ。今後は管理組合の都合を何より優先させる、と心してくれ」

わかったな、と念押しされた。

思いがけない五十嵐の一面を垣間見《かいまみ》た翌日、仕方なく役員全員に電話を入れて臨時役員会の招集を伝えた。ただ、急なことゆえ予定が入っている人が多く、欠席者からは委任状をもらった上で臨時役員会の準備を整えた。

こうして月曜の午前九時。多目的ルームで出席者を待っていると、やってきたのはたった四人だった。しかも全員が代理出席の妻とあって、いつものスーツ姿で現れた五十嵐も、

「なんだ、たった六人の会議か」

と拍子《ひょうし》抜《ぬ》けしている。

「すみません、皆さんお忙しいものですから」

芳美は弁明した。

「だが委任状はもらってるんだよな」

はい、と委任状の束を見せた。

「だったら、はじめるか」

いまやすっかり上司づらの五十嵐に促され、芳美の進行で会議をはじめた。

まずは、芳美が取り急ぎまとめた議案書に従って、今回の管理費値上げについて説明した。役員たちには事前に伝えておいたのだが、形式上、議案書を読み上げ、

「以上、ご質問はありますでしょうか」

四人の代理出席妻に尋《たず》ねた。すると広報担当の北村《きたむら》役員の妻が気まずそうに手を挙げ、

「実は、うちの主人が管理費の値上げは筋が違う、と言っているんですが、そのへん理事長は、どうお考えでしょうか」

と尋ねた。即刻、五十嵐が問い返した。

「それは奥さんも同意見ということですか？」

「は？」

「本日は奥さんが全権を担って代理出席しているわけですから、ちゃんと意見を聞かせてもらいたいと思いまして」

「それは、その、私もそのように」

「つまり北村さんご夫婦は、満場一致で可決された管理会社の変更について、この期《ご》に及んで異を唱えるわけですね」

「そういうことではなく」

「しかし管理費を値上げしなければ管理会社の変更ができないわけですから、役員会に対しては もちろん、全組合員に対して謀反《むほん》を起こしたと理解するほかありませんが」

「いえ、そういう意味ではなく」

「じゃあどういう意味です？　おっしゃることが矛盾《むじゅん》していて理解しがたいのですが」

「ですから、管理費を値上げしないで管理会社を変える方法があるはずだと」

「どんな方法があるんでしょう。あるのでしたら提案していただけますか？」

たたみかけるように問い詰め、突き放した態度でネクタイを締め直している。

「提案って言われても」

北村役員の妻がそう漏らしたきり絶句した。ここまで執拗《しつよう》に詰め寄られるとは思っていなかったのだろう。いつしか涙目になっている。

ほか三人の代理出席妻は俯《うつむ》いている。うっかり発言して五十嵐の追及に巻き込まれては、とばかりに嵐が去るのを待っている。

すると、そんな空気を察した五十嵐が、おもむろに居住まいを正し、

「芳美、そろそろ採決してくれ」

名前を呼び捨てにして命じてきた。

といって抗うわけにもいかない。命じられた通りに決を採ると、北村役員の妻を除く三人が手を挙げた。もちろん理事長と副理事長も賛成だから、芳美は即座に発表した。

「賛成五票に委任状も合わせて計十三票。本議案は可決されました」

途端に北村役員の妻が席を立ち、憤然《ふんぜん》と帰っていった。

翌日の晩、最寄駅の裏手にある居酒屋に入ると、真菜美はカウンター席でレモンサワーを飲ん

でいた。奥のテーブル席も空いているのに、隣に座っている同じショートヘアの若い女性と親しげに話している。

先日、この店で微妙な空気になって以来、どこか気まずくて真菜美とは連絡を取っていなかったのだが、ここにきて五十嵐が豹変《ひょうへん》した。それを伝えたくて久しぶりに誘ったのに、どうしたものか。

声をかけられずに立ちすくんでいると、気づいた真菜美がふと振り返り、

「芳美、こちら桐谷妙子さん」

若い女性を紹介してくれた。共有施設棟のジムにいるママさんトレーナーだそうで、たまたまカウンターで一人飲みしていたという。

「ああ、そういえばジムでお見かけしました。でも、ママさんが居酒屋で一人飲みって、かっこいいですね」

芳美が微笑みかけると、

「子育てとパートのトレーナーを両立させるのって、けっこう疲れるから、たまに飲ませて、って夫に交渉して勝ち取ったんです」

と肩をすくめて微笑み返す。まだ三十代半ばだというが、大人びた物腰が印象的な人で、

「この店にいると、レジデンスのスタッフや真菜美さんみたいな人と気さくに話せるから好きなんです」

生ビールのジョッキを掲《かか》げてみせる。そんな妙子が真菜美もお気に入りらしく、

「ねえ芳美、よかったら三人でどう？」

と提案する。芳美と二人だと気まずいと思ったのかもしれないが、ただ、今夜は話が話だけに躊躇《ためら》っていると、

「大丈夫よ、妙子さんは守秘義務の人だから」

とレモンサワーを片手に芳美を奥のテーブル席に促し、

「あたしはお邪魔になるから」

と遠慮する妙子も生ビールごとテーブル席に連れてきてしまった。

こうなったら仕方ない。腹を決めて芳美もレモンサワーを注文したところで、

「で、何があったの？」

早速、真菜美が聞く。どう話したものか迷ったものの、妙子の守秘義務を信じて、

「ごめん、真菜美が言ってたこと当たってた」

思いきって打ち明けた。

「え、どういうこと？」

「五十嵐さんのこと、ヤバい気がしてきた、って言ってたでしょ。その通りになってきた」

「やだ、どうヤバくなったの？」

「最初は仕事が早くてやり手の人だと思ってたんだけど、理事長になったら急に偉そうになっちゃって、とにかくやり方が強引なの」

そもそも管理会社の変更という異例の議案は、五十嵐が言いだしたことだった。それを総会で

可決させて調子づいたのか、今度は管理費を値上げすると言いだして臨時役員会を開かせた。そればかりか、値上げは筋違いだと異論を唱えた広報担当役員の妻に圧力をかけ、ほかの役員の妻たちも震え上がらせて強引に可決に導いてしまった。

「そしたらその日の夕方、広報担当役員本人から、役員を辞める、って電話がきたの。驚いて五十嵐さんに報告したら、やる気のないやつは勝手に辞めればいい、って怒りだして、いまから後任を立てるのも二度手間だからおれが兼任する！　って勝手に決めちゃって」

「そんなの勝手に決めていいわけ？」

真菜美が目を瞬《しばたた》かせている。

「そう思うでしょ。結局、管理組合はおれが牛耳《ぎゅうじ》った、おれがやりたいようにやるから黙ってついてこい、って強引に従わせるの。そんなやり方を見てたら、真菜美が言ってたあの人のヤバさってこれか、ってわかってきて」

先日の総会で賛成賛成という声が飛んでいたのはやらせっぽい、と真菜美が言っていたが、実際、彼ならやりかねないと思えてきた。

「だからあたし、真菜美に謝りたかったの」

この前はごめんね、と芳美が頭《こうべ》を垂れると、真菜美が安堵の表情を浮かべた。

「わかってくれればいいの。早い話が彼って、目的のためには手段を選ばない独裁者気質なんだよね」

「そうそう、その通りなの」

芳美がうなずくのを見て妙子が口を開いた。

「その手の話、私も聞きました」

最近、多目的ルームの受付スタッフのもとに五十嵐が電話で怒鳴り込んできたそうだ。管理組合が臨時役員会を開くのに、なぜ予約を入れさせないんだ。下請《したう》けのくせに舐めた真似《まね》してるとクビが飛ぶぞ！　と恫喝《どうかつ》され、先に入っていた予約を強引にキャンセルさせられたという。

「そんなことしてたんだ」

芳美がショックを受けていると、妙子は生ビールのおかわりを頼んでから続けた。

「こんなことを副理事長さんに言うのもなんですけど、うちのジムの角田っていう支配人も、その手のタイプなんですね。弱い立場の人を恫喝して言いなりにさせる体質っていうか、理事長さんは、それをさらにこじらせた人みたいですね」

「ああ、確かに角田支配人の同類かも」

悠々ジムにはよく出入りしている真菜美が大きくうなずき、

「表向きは人当たりがよくても、自分が優位に立つと牙《きば》を剝《む》いてくる。そんな人が、どんな小さな権力でも握っちゃうとろくなことがないのよね。だって、管理会社は配下っていう五十嵐の感覚からしてそもそもおかしいし」

でしょ？　と妙子に同意を求める。

「そうなんです。居住者は管理会社に舐められてる、って理事長が言ったそうですけど、どれだけスタッフがまともでも、管理会社を配下扱いする居住者がいる限りトラブルは後を絶ちません。多目的ルームの予約をキャンセルさせた件にしても、キャンセルさせられた居住者にしてみれば、なんて酷いスタッフだ！　ってことになりますよね。修繕の対応が遅いとか、掃除が雑とかの不満にしても、その裏には、理事長みたいにスタッフに無茶ぶりする居住者がいることもけっこう多いんです。なのに管理会社だけが悪く言われるのはおかしいです」

憤懣《ふんまん》やるかたなし、とばかりに、おかわりした生ビールを喉に流し込んでいる。

するど真菜美が身を乗りだした。

「これは早く手を打ったほうがよさそうね」

「でも、どうやって？」

すがるように芳美は聞いた。五十嵐みたいな男を牽制《けんせい》する方法などあるんだろうか。

「あたし、ちょっと調べてみるわよ。会社をやってた頃にお世話になった弁護士とかにも相談してみるから、とりあえず芳美は五十嵐の動向を逐一《ちくいち》伝えてちょうだい」

それだけ言うと真菜美も店員を呼んで、焼酎《しょうちゅう》をロックで！　とヤケぎみで注文した。


それから一週間ほど五十嵐理事長からは何の音沙汰《おとさた》もなかった。

あの強引さからして、いつまた何を言いだすかわからない、と不安に駆られていたのだが、不気味な沈黙といってよかった。

夫の重治は、ここにきて店舗視察が忙しくなっている。夕飯も外で食べてくることが多くなったため、芳美としては重治を送りだし、掃除洗濯など家事を済ませるとテレビを観るぐらいしかやることがない。

こんなとき、以前は真菜美と遊んでいたのだが、それどころではない。今回、妙子も交えて話したことで真菜美とは再び親密な関係を取り戻し、以来、彼女は五十嵐の横暴にどう手を打つべきか調べてくれている。なのに五十嵐からは何の音沙汰もないため、その動向を真菜美に伝える電話もできないでいる。

あたしは何をしたらいいんだろう。

こうしている間にも五十嵐が何か企《たくら》んでいるかと思うと気が気でないのだが、仕方なく今日もまたテレビをつけて、ぼんやり眺《なが》めているとき、携帯が鳴った。

五十嵐からだった。一気に現実に引き戻されて応答すると、

「銀座《ぎんざ》に行くぞ」

午後二時に下の車寄せに来てくれ、と命じられた。

「銀座に？」

問い返したときには電話は切れていた。

舌打ちしながら真菜美に電話を入れた。コール二回で出てくれた。今日は自宅でネット検索に励んでいたという真菜美に報告すると、

「うーん、また何かやらかしそうだから、銀座に着いたら連絡ちょうだい。あと、何かのときは携帯で録音して証拠を残しといて」

と刑事ドラマみたいな指示をされた。

それからはそわそわしっぱなしだった。携帯の録音機能を試したり、どんな服装で行くか考えたり、五十嵐に恫喝されたらどう対処すべきか悩んだりしているうちに、気がつけば午後二時前になっていた。

慌《あわ》ててバッグを手に車寄せに下りると、五十嵐と黒塗りのハイヤーが待っていた。

二人で後部座席に収まり、ハイヤーが発車すると同時に五十嵐から告げられた。

「決まったぞ」

「え？」

「新しい管理会社が決まったと言ってるんだ」

「もう、ですか」

「これでも仕事は早いほうでな」

ふふっと含み笑いして口髭を撫でつけ、あとはいまの管理会社を追いだすだけだ、と独《ひと》り言《ご》ちて車窓《しゃそう》の景色を眺めている。

いったい何が起きているんだろう。芳美は身震いした。五十嵐が理事長に就いて以来、あれよあれよと事が進んできたが、管理費値上げが可決された一週間後に新管理会社が決まろうとは思わなかった。

真菜美に報告しなければ、と思ったものの車中では難しい。じりじりしているうちにもハイヤーは都心へ向けて飛ばし続け、やがて銀座の高級クラブ街に入った。まだ営業前の時間帯だが、高級クラブの看板がずらり掲げられているビルの前でハイヤーは停車した。

五十嵐に続いて五階に上がった。絨毯《じゅうたん》が敷かれた廊下を伝って一軒のクラブに辿《たど》り着くと、まだ開店前の扉を五十嵐が叩いた。

「お待ちしておりました」

一人の黒服が現れ、店の一番奥へ案内してくれた。そこは特別枠で予約を取った昭和のゴージャスを満載した個室で、大胆に肌を露出したドレスをまとったホステス三人と先客の中年男が待っていた。

「いやあ五十嵐さん、このたびはありがとう」

中年男が笑みを浮かべてソファの真ん中の席を勧《すす》め、黒服に高級ウイスキーのボトルを持ってこさせた。

早速、ホステスが氷を入れてロックを作って差しだすと、五十嵐は隣のホステスの肩に手を回して抱き寄せ、ごくりと飲んでみせる。

その横柄《おうへい》な態度に危うさを感じた芳美は、五十嵐の向かいに座るなり、バッグからハンカチを取りだすふりをして携帯の録音ボタンをタップした。その直後に五十嵐から、先客の中年男を紹介された。

「彼は管理会社『桑原《くわはら》コミュニティ』の桑原社長だ。こっちの準備が整いしだい引き継いでもらうから、今後の実務はよろしくな」

事もなげに命じられて慌てた。

「ちょ、ちょっと待ってください。いつこちらの会社に決まったんですか？」

「いつもなにも、おれが素早く動いて決めたんだろうが」

「でも、まだ組合員の意向も聞いてませんし、勝手に決めるわけには」

「勝手ってことはないだろう。新管理会社が安定稼働するまでは、おれが理事長の座に留まって事を進めてよし、という緊急事態条項の追加が可決されて全権を委任されてんだ」

「それは緊急事態の場合で」

「現管理会社が怠慢を繰り返してるいまこそが緊急事態だろうが。明日にでも緊急事態宣言を発出すればいい話だし、あとはセレブ婆《ばあ》さんたちを束ねてうまいことやってくれ」

「そんなの勝手な解釈です、おかしいですよ」

芳美が語気を強めたものの、五十嵐は肩をすくめて苦笑いする。

「なあ芳美、勝手勝手って、これでもおまえを信頼してるからこそ、ここまでぶっちゃけたんだぞ。悪いようにはしないいし、それなりの恩恵も約束する。黙って役割りを担ってくれれば桑原社長が手厚くサポートしてくれるから、何の心配もいらん」

そうだよな、と桑原社長に話を振ると、

「もちろんです。芳美さん、どうかご心配なさらず。組合員さえ束ねてくだされば、あとは我々が差配しますので」

と笑いかけてきた。その言葉に我が意を得たりとばかりに五十嵐はうなずき、

「どうだ芳美、これでよくわかったろう。もはやレジデンスは我々の手中にある。管理組合ってやつは、組合員を管理する、って意味でもあるんだからな」

と嘯《うそぶ》いてグラスの氷をカラカラと回してみせる。この物言いには腹を据えかねた。

「つまり五十嵐さんは最初から、組合員をいいようにあしらって管理組合に君臨したかっただけの人なんですね」

がっかりしました、と直球の言葉を返すと、

「なんだその言い草は」

五十嵐が眉《まゆ》を吊《つ》り上げた。

「でも、そうじゃないですか。五十嵐さんなら組合員本位で考えてくれると思ってたら、自分本位の独裁者だったなんて」

溜《た》まりに溜まった本音を吐きだした途端、

「生意気言うな、女の分際《ぶんざい》で！」

五十嵐が罵声《ばせい》を浴びせるなり手にしていたロックグラスを床に投げつけた。グラスが音を立てて砕け散り、キャッ！　と肩を抱かれていた若いホステスが飛《と》び退《の》いた。五十嵐のダンディな見た目とのギャップにショックを受けたらしく、青ざめた顔で震えている。

「やめて！」

とっさに芳美は席を立ち、若いホステスを庇《かば》うように震える体を抱き締めた。

「ったく、おまえら腐れレズか！　こんだけ言ってもわからんようなら女同士で乳繰り合ってろ！」

それでも口汚く罵《のの》り続ける五十嵐に、たまらず芳美はつかつかと歩み寄り、

「女の分際だの腐れレズだの、セクハラもパワハラも極まれりです！　恥を知りなさい！」

渾身《こんしん》の怒りをぶつけ、その頬《ほお》にバチンと張り手を食らわせた。

一瞬、五十嵐は呆気《あっけ》にとられた顔になったが、すぐさま張られた頬を片手でぴしゃりぴしゃり挑発《ちょうはつ》するように叩きながら、

「これだから女ってやつは始末に負えんのだ。セクハラ、パワハラ、どこが悪い。ＬＰＧだかＬＧＢＴだか知らんが、女は男に抱かれてなんぼだってのに舐めてんじゃねえ！　おまえみてえな小生意気な女が世の秩序《ちつじょ》を乱してんだよ。男のおれがこうと決めたんだ、ガタガタ言わず、とっとと臨時役員会を開いて桑原コミュニティへの管理委託を議決させろ！」

声高に脅《おど》しつけてきた。

もはや言葉を返す気にもなれずに、くるりと五十嵐に背を向けた。力ずくで引き留められる恐れもあったがそれはなく、芳美は無言のまま高級クラブを飛びだし、即刻、真菜美に電話を入れた。


翌朝、いつものように朝食を終えて、何も知らない重治が店舗視察に出掛けた直後に、改めて真菜美に電話した。

ほどなくして玄関のインターホンが鳴り、応答すると真菜美だった。

「ごめんね、朝からわざわざ」

「全然。あたしも昨日電話をもらってからずっと、怒り心頭だから」

険《けわ》しい表情の真菜美をリビングに通して肩を並べてソファに座り、まずは銀座の高級クラブで密かに録音した音声を聴かせた。

「すごいのが録《と》れたわね、よく無事で帰ってこられたと思う」

真菜美が驚いている。

「ていうか五十嵐は、あたしがあんなにキレると思ってなかったんだと思う。桑原社長の手前、最後まで怒鳴り散らしてたけど、ああ見えて根は小心者なのよ」

もう時代錯誤《さくご》のアナクロ男はたくさん、と芳美がため息をつくと、

「そういえばゆうべ、桑原コミュニティのことをネットで検索してみたのね。そしたら、そこって桑原社長が創業した独立系の管理会社で、しかも五十嵐の親戚筋だったの」

「ほんとに！」

「呆《あき》れちゃうでしょう。おそらく彼らは、大手デベロッパーの牙城《がじょう》になってるレジデンスを一族で食いものにするつもりだったのよ。それでなくても五十嵐は、組合員を管理する、って豪語してたんでしょ？　今後も何をしでかすかわからないし」

実際、五十嵐が働いていた航空会社の暴露サイトを覗いてみたら、当時の五十嵐を知っているCAが独裁機長と腐《くさ》していたそうで、その体質は昔から変わっていないらしい。

「しかも聞いて。五十嵐が独り身なのは奥さんに逃げられたからなの。女性蔑視《べっし》のくせして黙って服従する女には昇進昇給をチラつかせて口説《くど》きにかかるみたいで、社内不倫三昧《ふりんざんまい》がバレて奥さんに愛想《あいそ》をつかされたらしい」

「へえ、さすがはネット検索の鬼ね」

芳美が感心していると、

「のんきに感心してないでよ。芳美だって下手したら、まんまと口説かれて泥沼の不倫地獄に落ちてたかもしれないんだし」

「あたしは引っかからないわよ。最初は見た目に騙《だま》されてたけど、裏に回れば支配欲丸出しで、女を蔑視するわ、ＬＧＢＴを腐すわで、ろくでもない男なの。女のあたしに向かって、女の分際で！　って怒鳴りつけてきたときなんか腸《はらわた》が煮えくり返ったし」

いま思い出しても腹が立つ、と拳を握り締めた芳美を諌《いさ》めるように、

「どっちにしても、あの男だけは管理組合から追い払わないと、それこそ、このレジデンスに未来はないわね」

真菜美が口元を歪《ゆが》めた。

「それはあたしも同じ気持ちだけど、ただ、どうやって追い払うかが問題で」

「そこなんだけど、この前話した弁護士に相談してみたのね。そしたら、管理組合理事長の解任方法は三つあって、そのうち二つが今回、使えそうなの」

一つは〝理事会で解任決議をする方法〟。これは全理事の過半数で可決できるから、役員が結束すれば追い払える。もう一つは〝監事が招集した臨時総会で解任決議する方法〟。理事長に不正がある場合は、監事が臨時総会を招集して全組合員の過半数で可決できる。

「だったら理事会で解任決議するのが簡単ね」

「うん、あたしも最初はそう思った。でも、よくよく考えたら臨時総会で解任決議したほうがいいと思うの。理事長の不正は、さっきの録音が証拠だから監事による招集が可能だし」

「だけど、また体育館に集めるのは大変よ」

「そう、けっこう大変なんだけど、でも今回、なぜあんな理事長が誕生してしまったのか。その理由を考えると、一番の問題は居住者の無関心だったと思うのね。だって前回、理事長を決めた臨時総会の出席率、覚えてる？」

改めて真菜美が総務担当役員に確認したところ、実際に出席した人は、たった三十五％。議決権行使書と委任状を提出した人が五十％で、残り十五％、三十九人もの組合員が音沙汰なしで棄《き》権《けん》、と惨憺《さんたん》たる無関心ぶりだった。

「つまり、そんな無関心が五十嵐に舐められて、こんな事態に陥《おちい》ったのよ。だから逆に、今度こそ全組合員に関心を持ってもらって、より多くの組合員の出席のもとに、棄権者ゼロで理事長を解任すべきだと思うのね」

「ああ、それは言えてる」

芳美は大きくうなずいた。そこまで真菜美が考えてくれていたとは思わなかった。

「となれば今後、芳美が中心になってどう動くべきかって話になるんだけど、この際、この前会った妙子さんの意見も内密に聞くべきだと思うのね。今回のことは管理会社のスタッフにも大きく関係するんだし」

「うん、それも言えてる」

芳美はまた賛同し、ほんとにいろいろありがとう！　と礼を言うと、初めて自分から両手を広げ、真菜美をギュッと抱き締めた。

その日の遅い午後、めずらしく重治が陽が落ちる前に帰ってきた。久々に早く視察が終わったから、芳美が好きなラムチョップをローストしてやろうと思ってさ、と買ってきた食材を手にキッチンに入ろうとする。

「ごめん、ちょっといいかな。話したいことがあるんだけど」

芳美は呼び止めた。どうかしたか？　と怪訝《けげん》そうにソファに腰を下ろした重治に、

「ここしばらく忙しそうだったから黙ってたんだけど、管理組合でいろいろあったの」

と切りだして、まずは五十嵐理事長の暴走について話し、真菜美と一緒に理事長解任に向けて動きはじめたことを伝えた。

「そうか、そんなことになってたとは、すまんな、おれが忙しいばっかりに」

重治が申し訳なさそうに頭を下げた。

「違うの、あなたに文句言ってるわけじゃないの。ただ、解任の道筋は見えてきたんだけど、具体的にどうやって居住者に関心を持ってもらうか、そこがわからなくて」

芳美が言い添えると、重治は顎《あご》を撫でながら、しばし考えてから口を開いた。

「会社ってものを長年経営してると、そういうトラブルはしょっちゅうでね。その経験からすると、いま芳美がやるべきことはひとつだと思う。副理事長が当事者一人一人と真摯《しんし》に話すべきじ

ゃないかな。組合員が二百六十人もいると電話やネットに頼りたくなるだろうけど、どれだけ大変だろうと全員に直接会って芳美の思いを伝える。それでこそ、こっちの思いが一人一人に届くと思うんだ。実際、おれもそうしたトラブルにぶつかるたびに社員一人一人と対話しながら会社を率《ひき》いてきたんだが、これで答えになってるだろうか」

そう言って芳美の目を見つめる。

正直、意表を突かれた。芳美は組合員のことを二百六十人という数字でしか見ていなかった。数字上で出席者や委任者や棄権者を想定して対策を練ろうとしていたのだが、言われてみれば二百六十人のだれもが別の人格を備えている。その一人一人の目を見て対話しないで、だれが芳美に賛同するだろう。だれがわざわざ臨時総会に出席するだろう。

ただ、いざ実行するとなると並大抵ではない。臨時総会を告知する一か月前から動くとすれば、一日平均十人に会わなければならない。留守だったり再訪問したりもあるだろうし、かなりハードルが高いだけに、あたしにできるかな、と不安が先に立つ。

「なあに、一度やると決めちまえば何とかなるもんでさ。おれが毎日、店舗視察に回っているのも大変っちゃ大変なんだが、いざやろうと決めて動きだすと思わぬ協力者が現れて事がスムーズに運んだりするもんだ。だから、考えるよりまず動く。それが一番だとおれは心してる」

ひと言ひと言、嚙み締めるように言うと、重治はふっと口元を緩《ゆる》め、

「なあんて、偉そうなこと言って芳美に負担ばっかりかけて申し訳ないんだけど、おれもいま、会社から完全に身を引く直前の正念場でね。おたがい、もうひと踏ん張りして、すべてが終わっ

たら旅にでも行こう」

芳美の肩をぽんと叩くなり、よし、ラムチョップ焼くぞ、とソファから立ち上がった。

重治と話した翌日、芳美は真菜美と二人で管理組合の滝本《たきもと》監事の自宅を訪ねた。

まずは五十嵐理事長の最近の暴走ぶりについて説明し、理事長解任のために臨時総会を招集してほしい、とお願いした。

白髪《しらが》を七三分けにした端整《たんせい》な顔立ちの滝本監事は元大学教授だそうで、芳美が録音した理事長暴走の決定的証拠を聴いてもらうと、さすがに驚いた様子で、

「私も、彼の独断専行は目に余ると思っていたところです。招集しましょう」

と快諾《かいだく》してくれて、一か月後に臨時総会を開くことで話が決まった。

これに力を得た芳美は、臨時総会の招集理由を組合員一人一人に説明して回りたい、と滝本監事に伝え、今後は真菜美も含めた三人で五十嵐理事長を解任に追い込もう、と申し合わせた。

その晩にはジムトレーナーの妙子にも会った。妙子には真菜美が連絡してくれていたのだが、すでに協力する気満々で、

「芳美さん、組合員を個別訪問するって聞いたんですけど、日程調整とアポ取りが大変だと思うので、居住棟の男性コンシェルジュ、竹内主任に頼んでみませんか？　その手の段取り仕事は得意な人だし」

と薦《すす》めてくれた。竹内主任も例の居酒屋での飲み仲間だそうで、それならば、と仲介《ちゅうかい》を頼むと

翌朝一番で妙子から電話が入った。

「竹内主任に話したら、ぜひ個人的に手伝いたい、って言ってくれました」

「早々にありがとう！」

「とんでもないです。今回の件は、あたしたちスタッフにとっても他人事《ひとごと》じゃありません。ほかにも何かあれば連絡をください。仕事を抜けだして、こっそりお手伝いします」

まさに重治の言葉通りの展開で、翌日から早速、竹内主任のサポートのもと、芳美は組合員の自宅を一戸一戸訪ねて回りはじめた。

ただ、異例の個別訪問だけに、当初は組合員も戸惑いぎみで、質疑応答にかなりの時間を要してしまい、一日の訪問予定がこなしきれない。これで全組合員と話せるだろうか、と落ち込む日が続いた。加えて真菜美からは、

「五十嵐が最近頻繁《ひんぱん》に出掛けてるみたいなの」

という情報も入ってきた。五十嵐からは音沙汰がないが、芳美の動きを察知して何か企んでいるのでは、と不気味な思いに駆られる。

一方で真菜美は妙子とともに、臨時総会のために体育館を手配したり、議決権行使書と委任状を刷り増したり、さらには議事進行シナリオ、議案書、出席者名簿などの作成も、芳美に相談しつつ進めてくれている。

こうしてみんなで頑張れば、無関心な組合員もきっと覚醒《かくせい》してくれる。いまやそれだけに一縷《いちる》の望みを託して奮闘しているのだが、果たしてどうなることか。日時を刻むごとに芳美の緊張は

高まった。

気がつけば瞬く間に一か月が過ぎ、運命の臨時総会当日になっていた。この日もいつも通り朝六時に起床した芳美は、真っ先に部屋のカーテンを開けた。

今日も外は雨に濡れていた。ここ数日、なぜか雨が続いているのだが、この悪天候の中、ちゃんと組合員が出席してくれるだろうか。今回は突然の招集だけに議決権行使書と委任状の集まりも悪いし、臨時総会自体が成立するだろうか。

もちろん、やるべきことはやった。重治の助言通り、めげることなく組合員一人一人に会って理事長解任の趣旨を説明し、細かい質問にもきちんと答えてきたのだが、それでも不安は尽きない。五十嵐理事長から報復されるリスクも抱えているだけに気持ちは沈むばかりだった。

雨傘を手に歩いて中学校に辿り着いた。憂鬱《ゆううつ》が昂じて開始時間ぎりぎりになってしまったが、そのとき体育館から真菜美が飛びだしてきた。芳美を待ちかねていたらしく、

「大変大変！」

傘も差さずに声を上げて駆け寄ってくる。予感が的中したようだ、と直感したものの、ここで取り乱してはいけない。

「ちょっと落ち着いて、どうしたのよ」

穏やかに問いかけた途端、

「とにかく来て！」

腕を引っ張られた。そのまま体育館の入口に連れていかれ、フローリング床に足を踏み入れた

瞬間、仰天《ぎょうてん》した。

ゆうべセッティングした体育館の組合員席が、前総会の二倍以上の人で埋まっていた。ざっと見積もって二百人以上。全組合員の八割方が集まっている計算で、どうりで議決権行使書と委任状が少なかったはずだ。

「すごいね！」

「すごいでしょう！」

にんまり笑った真菜美に背中を押されて副理事長席に座ると、今回の議長役、白髪七三分けの滝本監事がマイクを手に立ち上がった。

「それでは臨時総会を開きます」

そう宣言するなり、まずはマンション標準管理規約に則《のっと》って、不正発覚による理事長の解任決議案の概要を読み上げ、すぐに当事者の五十嵐理事長に説明を求めた。

いつものスーツ姿の五十嵐は臆《おく》することなくマイクを手に立ち、満席に近い組合員席を威嚇《いかく》するように見回してから声を張った。

「組合員の皆様、理事長の五十嵐です。本日は、まったく身に覚えのない、何の証拠もない嫌疑《けんぎ》のために多くの方々にお集まりいただいたこと、大変心苦しく思っております。しかし、私は挫《くじ》けません。なぜならば、仮にも本日解任決議案が可決されたら、レジデンス悠々のスラム化が確定してしまうからです！　皆様の大切な住環境と資産価値を失墜《しっつい》させる事態を避けるためにも、どうか本日は冷静にご判断されますよう、強くお願いして、私のご説明とさせていただきます」

以上！　と腰を二つに折って深々とお辞儀をして理事長席へ戻った。

体育館が静まり返った。何の中身もない説明をしれっと投げかけられて、だれもがきょとんとしている。そんな沈黙を破って、突如、組合員席にいる真菜美が席を立ち、

「議長！　証拠を提出します！」

と声を張るなり滝本監事に歩み寄って携帯電話を手渡し、録音データの再生を依頼した。

滝本監事の承認のもと、マイクを通じて銀座の高級クラブで交わされた音声が流れはじめた。

それは、新管理会社を勝手に桑原コミュニティに決めてしまった五十嵐に芳美が嚙みついているくだりで、組合員たちは固唾《かたず》を吞《の》んで聴き入っている。

ほどなくして再生が終わった。

「ちなみに、桑原コミュニティは五十嵐理事長の親戚筋とのことです」

真菜美がそう付け加えたところで、

「それでは、解任決議案の採決に移ります」

滝本監事が粛々《しゆくしゆく》と告げた。


気がついたときには、五十嵐は姿を消していた。散会になるまではかろうじて仏頂面《ぶつちようづら》で理事長席に座っていたのだが、こそこそと逃げ帰ってしまったようだ。

でも、もはやそんなことを気にする人はいなかった。残った役員全員で体育館を片付け、お疲れ様、と笑顔を交わして外に出たときには、雨はすっかり上がっていた。

天の神様も喜んでいるのかも、と弾む気分でスーパーに立ち寄って自宅に戻った芳美は、まずは重治にメールを打った。

『解任決議案が可決されました。質疑応答なしで採決したのに、個別訪問したおかげか満場一致で五十嵐理事長の解任が決まりました。しかも後任は滝本監事の推薦で、あたしが理事長、真菜美さんが副理事長に選任議決されました。正直、びっくりしましたが、二人とも快諾しました。こうなったら管理費値上げの撤回を手はじめに、やるっきゃない、です。いろいろとありがとう！　また忙しくなるけど、頑張るのでよろしくね！』

メールを送信したところで掃除洗濯を済ませ、重治の夕飯を作り置いた芳美は、再び外出着に着替えて自宅を後にした。

夕暮れ前にもかかわらず、駅裏の居酒屋は賑わっていた。それでも真菜美がテーブル席を確保してくれていて、今回の陰の立役者、トレーナーの妙子と男性コンシェルジュの竹内主任も駆けつけていた。

「ごめんね、また待たせちゃって」

芳美が謝りながら席に着くと、

「よかったわねえ」

と満面に笑みを浮かべた真菜美の音頭《おんど》で乾杯し、勝利の生ビールで渇いた喉を潤《うるお》したところで、

「それにしても五十嵐のやつ、結局、何も仕掛けてこなかったわね」

真菜美が総会を振り返った。

「そうそう、あたしもけっこう緊張してたんだけど、ちょっと拍子抜け」

芳美が苦笑すると、竹内主任も口を開く。

「さっき居住者の方から小耳に挟んだんですけど、五十嵐さん、ここにきて親戚筋の桑原社長と揉めてたみたいですよ」

芳美たちの動きを察した桑原社長が、五十嵐の甘言《かんげん》ほど簡単には新管理会社の座に着けそうにない、と見切って、金の切れ目が縁の切れ目になったらしいと言うのだった。

「まあ実際、無理筋をゴリ押ししてたわけだから、いくら親戚だからって、ちょっとした綻びが見えただけで引いちゃうわよね」

真菜美の言葉に妙子もうなずき、

「ただ、親戚といっても、かなりの遠縁みたいですね。そもそも五十嵐さんって人望がないのに虚勢を張る人だから、そのへんが見透かされて見放されたんだと思います」

と辛辣《しんらつ》な評価を口にした。日常的に居住者と触れ合っているスタッフは、ちゃんと見抜いている。そうと知って芳美は口を挟んだ。

「早い話が五十嵐みたいな独裁者気質の人って、実は憶病で小心者なのよね。だから虚勢を張ったり、弱い立場の人を恫喝したり、反対者を排除したりして独裁体制を築こうとするんだけど、いざ虚勢も恫喝も効かなくなると、周囲に群がってた人たちが蜘蛛《くも》の子を散らすように逃げていっちゃう」

哀《あわ》れなものよね、と肩をすくめて生ビールを口にすると、真菜美がふと真顔になって、

「あたし、その手の独裁者気質の人って大嫌い。いつまでたっても、そういう連中が大手《おおで》を振って弱い立場のマイノリティを排除し続けてるでしょ。そんな世の中が行き着く先は、殺伐《さつばつ》とした地獄絵図の世界しかないと思うし、あいつらを正す方法ってないものかしらね」

苦々しげに吐き捨てると、妙子が応じた。

「そういえば以前、ここの居住者が〝支配欲に駆られて暴走する権力者が生まれるのはスポーツのせいだ〟と騒ぎ立てた事件があったんですね。もちろんあたしはスポーツのせいだけじゃないと思いますけど、じゃあ何のせいなのか、と考えるとわからなくなる。自分は絶対だ、っていう過剰《かじよう》に歪んだ自己愛のせいかも、と思ったこともありました。自分は絶対だから、ほかの人間は従って当然で、従わなければ排除していい。そんな過剰に歪んだ自己愛が支配欲を生んでる気がしたんですけど、じゃあ、それって、どうしてそうなるのか。それをなくすにはどうすればいいのか、と考えるとまたわからなくなる」

こんな難問もないですよね、と嘆息《たんそく》する。するとしばらく黙っていた竹内主任が言った。

「結局、一番いけないのは無関心じゃないですかね。今回もそうだったように、無関心が過剰に歪んだ自己愛を助長させてるんじゃないかと。だから私たちは常に、上に立ちたがる人物を精査して監視して、多少なりとも危険な兆候《ちようこう》が見えたら、みんなの力で別の人物に差し替える。差し替えてもダメなら、また別の人物に差し替える。その繰り返ししかない気がするんです」

なるほど、とは思ったものの、ただ、いったん独裁者気質が増長しはじめると覆《くつがえ》すのは並大抵

じゃない。そうなる前に素早く差し替えるにしても、世の中、これだけ複雑になってくると、今回のようにとんとん拍子で運ぶとは限らない。というより今回の成功はレアケースじゃないのか。

そう考えると急に空《むな》しくなって、芳美はビールジョッキを握り締めたまま天を仰《あお》いだ。

妙子と竹内主任に駅で別れを告げて、真菜美と二人、帰り道を辿っていると、

「もうちょっと一緒にいたいな」

真菜美にせがまれて近所のカラオケ屋に入った。

小さな個室のソファで肩を並べ、お酒よりパフェにしよ、と注文して食べはじめたところで、真菜美がぽつりと漏らした。

「ひとつ、謝りたいことがあるの」

え？　と問い返した。

「どう話していいかわからないけど、前に、あたしには好きな人がいるって言ったよね」

「どうしたのよ、いま頃」

「ていうか、今日こそ告白しようと決めてたから言うんだけど、あたしが好きなのは芳美」

「は？」

「ごめんね、急に。実はあたし、子どもの頃から女性が好きだったの。けどそんな自分が嫌で、無理して男と付き合って結婚して一緒に暮らしはじめたら、それこそ、女の分際で、とか平気で

口にする男だったわけ」

　芳美は黙ってパフェを口にした。どんな顔をしていいかわからなかった。

「だけど、すぐに息子ができちゃったからずっと我慢してて、夫と距離を置くためにアパレル会社を興《おこ》したりしたんだけど、結局、息子が独立した五十のとき、やっと別れられたの。だから、男と遊び歩いてつまみ食いしたとか、あれは全部作り話。芳美を好きな気持ちがバレないように言ってただけで」

「いや、あの」

「もうちょっと聞いて。で、そんなとき芳美が五十嵐に見惚れてたから、あたしの恋心を逸《そ》らしたくて、芳美の五十嵐への恋心を煽ってたら今回の騒ぎになっちゃった。だから、それが申し訳なくて本気で芳美を応援してきたんだけど、元を辿れば全部、あたしのせいだったの。ごめんね、アラカンのレズビアンに恋されたなんて嫌だろうし」

　そこで言葉に詰まると、突如、ぽろぽろ涙をこぼして泣きだした。

「ちょ、ちょっと待って。あたしこそごめん、突然の告白に驚いちゃったんで。でも、それと今回の件は関係ないし、同性愛だから嫌とかも全然ない。ていうかあたしは最近、真菜美と手を繋いだりハグしたりしたとき、男性にされるのと同じぐらいときめいてたのね。それで、あたしにも女性が好きな感覚がちょっとだけ眠ってるんだ、って気づいたの。もちろん夫への愛は変わらないけど、いま真菜美から好きって言われたときも、ときめいちゃったし」

「ほんと？　ほんとにそう思ってくれた？」

「もちろんほんと。だって、あたしにも女性が好きな気持ちが眠ってたと気づいたから言うんだけど、男が好きでも女が好きでも両方好きでも、それぞれでかまわないし、その境界って微妙なものなのよね。そこに白黒つけたがるから悲劇が生まれるわけで、その違いを理解した上で楽しく共存していけばいいと思うの」

そこまで話して、はっと気づいた。

LGBTQとかのことは詳しくわからないけれど、真菜美のような葛藤《かっとう》を抱えている性的マイノリティも、さっき妙子たちと話したマイノリティとまったく同じじゃないか。

そう思い至った芳美は、五十嵐のような人物の計り知れない罪深さに慄《おのの》きながら言葉を繋いだ。

「それでいま思ったけど、あの手の罪深い人たちは、やっぱ差し替えるだけじゃだめかもね。あいう人たちを覚醒させるために、あたしたちみんなで抗い続けていかないと、結局は同じ繰り返しになっちゃうだろうし」

だから、これからもよろしくね、と芳美は穏やかに微笑みかけ、真菜美の頬に伝った涙をそっと指先で拭い、友愛と恋心、両方の思いを込めてやさしく抱き締めた。

〈初　出〉

『小説ＮＯＮ』２０２２年12月号〜２０２３年４月号

〈参考資料〉

◎『スポーツと寿命』大澤清二

◎読売新聞オンライン　陰謀論とは何か そのメカニズムと対処法　2021/11/02

◎現代ビジネス　ワクチンに反対する人が、アッサリと「怪しい陰謀論」にハマってしまう理由　真鍋厚　2022/3/13

◎現代ビジネス　大切な人が「陰謀論」にハマってしまったら、どうすればいいのか　塚越健司　2021/3/4

◎ToraTora トラトラ「陰謀論者の心理・特徴10コ！　都市伝説を信じやすい人とは？」2021/4/22

◎医療のネタ帳　メディトピ　2016/6/17

※著者が刊行に際し、加筆修正しています。本書はフィクションであり、登場する人物、企業、店舗、および団体名は、実在するものといっさい関係ありません。

切りとり線

あなたにお願い

この本をお読みになって、どんな感想をお持ちでしょうか。次ページの「100字書評」を編集部までいただけたらありがたく存じます。個人名を識別できない形で処理したうえで、今後の企画の参考にさせていただくほか、作者に提供することがあります。

あなたの「100字書評」は新聞・雑誌などを通じて紹介させていただくことがあります。採用の場合は、特製図書カードを差し上げます。

次ページの原稿用紙（コピーしたものでもかまいません）に書評をお書きのうえ、このページを切り取り、左記へお送りください。祥伝社ホームページからも、書き込めます。

〒一〇一―八七〇一　東京都千代田区神田神保町三―三
祥伝社　文芸出版部　文芸編集　編集長　坂口芳和
電話〇三（三二六五）二〇八〇　www.shodensha.co.jp/bookreview

◎本書の購買動機（新聞、雑誌名を記入するか、○をつけてください）

＿＿＿新聞・誌の広告を見て	＿＿＿新聞・誌の書評を見て	好きな作家だから	カバーに惹かれて	タイトルに惹かれて	知人のすすめで

◎最近、印象に残った作品や作家をお書きください

◎その他この本についてご意見がありましたらお書きください

100字書評

たわごとレジデンス

住所

なまえ

年齢

職業

原 宏一（はらこういち）
1954年生まれ。コピーライターを経て『かつどん協議会』で作家に。奇想天外な設定の中に風刺とユーモアがきいた作品を多く発表し、『床下仙人』（祥伝社文庫）が2007年啓文堂書店おすすめ文庫大賞に選ばれブレイク。近年は食小説など様々なジャンルに注力、好評を博す。著書に「佳代のキッチン」シリーズ、『天下り酒場』『ねじれびと』『うたかた姫』（いずれも祥伝社刊）『握る男』『星をつける女』『間借り鮨まさよ』「閉店屋五郎」シリーズ、「ヤッさん」シリーズなど。

たわごとレジデンス

令和５年８月20日　　初版第１刷発行

著者——原《はら》 宏一《こういち》

発行者——辻　浩明

発行所——祥伝社《しょうでんしゃ》
〒101-8701 東京都千代田区神田神保町3-3
電話　03-3265-2081（販売）　03-3265-2080（編集）
03-3265-3622（業務）

印刷——堀内印刷

製本——ナショナル製本

ISBN978-4-396-63646-3　C0093
祥伝社のホームページ・www.shodensha.co.jp

キッチンワゴンよ！
作れ〝絆〟、運べ〝しあわせ〟

踊れぬ天使　佳代のキッチン3

原　宏一

料理を作りながら全国を巡る佳代
大切な人の願いを胸に、仲間探し！
料理が縁をつなぐ絶品ロードノベル

うたかた姫

素人娘を天才に
仕立ててボロ儲け⁉

フェイク計画のはずが、
〝姫〟の歌声は本物だった⁉
姫花はスターへの階段を昇るが……。

原 宏一